108課綱 會考‧統測‧學測適用

圖像式速解
易混淆英單

156組大考易混淆的近義字群語彙辨析，
讓你不再用錯字，看圖釋義更好記！

No More NG Words!

最常被誤用的單字字群總整理，
讓你大小考試不NG！

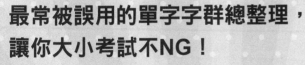

⭐ 情境式分類　　⭐ 近義字辨析　　⭐ 圖像記憶法

王牌名師 張翔、易敬能 編著

使用說明

TIP 1

高頻近義字分類

將大考出現頻率高的單字依字義分組並辨析異同之處，不論查找、比對還是觀念複習，都能一次就到位！

TIP 2

單字難易度指標

依單字難易度標示是學測、統測還是會考範圍，同學可依自身需求調整學習步調！

UNIT
018

說話

speak / talk / tell

🔊 MP3 018

演講、講笑話與跟人聊天，究竟有何不同？

TIP 3

語音線上聽

每組單字與例句均有外師親自錄音，手機掃描右頁下方二維碼，即可線上播放音檔！

字義不NG Essential Meaning

speak	意指「講、談」，後常接語言、演說等，以與系統性的方式發表演講。speak 側重於說能力而非內容。
talk	是指通過與他人交談交換意見、思想、消息等達思想、提供資訊、說出內情、說閒話。talk 也of、over、to、with，但意思各有所別，要特別留意。
tell	意指「告訴或講述」，是用語言或文字「告知、告訴、講述」某事，強調思想的表達，而不強調表達的方式。

造句不NG Example Sentences

◯ speak [spik] 動 說話、講話、發表演說、陳述意見
You must speak to your client on this matter.
你必須和客戶討論這件事情。

◯ talk [tɔk] 動名 講話、談話、商談、商討
I haven't talked to my wife about relocation.
我還沒有和我太太討論搬家的事。

◯ tell [tɛl] 動 告訴、講述、說
I want to tell you a secret that Cliff asked me n
我要告訴你一個克里夫叫我不要告訴你的秘

50

TIP 4

字義辨析釐清觀念

每個字從意思、用法、使用時機與其他近義字微妙的差異等各方面進行詳盡的剖析，讓你知其然更知其所以然！

TIP 5

情境式造句

除了基本的音標、詞性與中文意思外，每個單字還有專屬的情境例句應用與中文翻譯，搭配語音學習效果更加分！

TIP 6 主題索引

依不同情境將全書單字劃分成四大主題，並做成邊條索引，除了方便查找，也可按喜歡的情境主題優先複習。

圖解不NG

日常生活

TIP 7 圖像演練二合一

每單元利用趣味圖像結合文字的方式，讓你看圖就能理解題目與字群的語境，觀念修復後解題更順暢！

小試不NG

Joseph is the person who (tells / says / talks about / speaks) what he so
Though he is so direct, he doesn't (tell / say / talk about / speak) his friends'
secrets or gossip.

喬瑟夫是有話直說的人，雖然為人直白，但他不說朋友的秘密或八卦。

會萬象

說明

tell 是及物動詞，後面常接 a story / a joke / a lie，也可
對象。say 是及物或不及物動詞，後面常接 a w
goodbye，在引述別人的話時，又分間接引述與直
不及物動詞，因此不管說什麼內容或對誰說話，都
speak 最常搭配語言。本題第一格是指 Joseph 是
人，說的是內容，say 最為恰當。第二格談論秘密
talk about。

TIP 8 演練後全面覆盤

完成演練後，還有全面的覆盤與分析，帶你從情境中判斷出句子本意，進而推敲出最適當的答案！

TIP 9 音檔下載處

掃描右方二維碼，音檔可以線上播放，也可以打包下載，即便沒有網路也可以隨時聽喔！

3

學校沒教，但一定會考的易混淆字義辨析

學英文的人一定都知道，介系詞 on 是「在上面」的意思，但你知道「在樹上」為什麼寫成 in the tree 而不是 on the tree 嗎？以及一出現就襲捲全球的世紀傳染病 COVID-19 為什麼是 disease 而不是 illness 或 sickness 呢？這三個字不能通用嗎？

很多時候，中文釋義和中文思維容易讓我們陷入中文語意陷阱，造成誤用單字的情形，這種情況在近義字中更是常見，想要用字不再鬧笑話，不能只靠中文語意去寫英文文章或句子，除了透過大量閱讀來熟悉英文書寫者的思維與邏輯外，辨析每個近義字之間的差異與用法，也是英語學習者掌握單字的基本功！

在學校，我們基本上不太會有系統地去學習如何分辨這些容易混淆的詞彙，往往只能在反覆地使用中被動地吸收這些單字的「常見用法」，卻不知其所以然，這種囫圇吞棗式的學習方式無法長久，一旦離開學習氛圍濃重的地方大腦就會選擇遺忘，這也就是為什麼中文學子們容易出現用字不精準的情況。

為了能讓同學更有效地辨析易混淆詞彙，鴻漸文化特邀英文權威張翔老師與王牌名師易敬能老師共同編撰這本《圖像式速解易混淆英單》，根據歷年來大考出現頻率最高或是最容易犯錯的用詞，將意思相近或相同的單字分在一組，進行字義分析與比對、並提供示範例句，讓同學有系統地分辨

這些近義字的差異與運用。每單元還有搭配情境插圖的即時演練，讓你在觀念充電後，能立即驗收學習成果。

完成演練後，還有說明進行全面的覆盤與分析，引領同學更深層地去了解，這些選項詞彙在特定情境下有哪些限制、如何從情境中判斷出句子本意，進而推敲出最適當的答案，而不只是單純地提供答案就結束，完全站在使用者的立場，為想學好英文的人扎穩根基。

學習英文不能只靠強記背誦，《圖像式速解易混淆英單》以並聯式的觀念透析、豐富的例句、情境插圖與詳盡的解說，讓你有系統地了解每個單字的獨特之處，不強背就能有深刻印象，為往後的英文實力之路鋪下穩固的基石。希望本書的出現，能給在為英文奮力苦戰的學子們提供一種新的學習思路，突破學習瓶頸，這即是鴻漸文化全體編輯團隊與作者們最大的期許。

鴻漸文化 謹識

CHAPTER 1 日常生活篇
Daily Life

CONTENTS

CHAPTER 2 學校職場篇
School & Work

CHAPTER 3 情感心智篇
Emotions & Mind

CHAPTER 4 社會萬象篇
Social Phenomena

【附錄】趣味字義測驗遊戲卡

❶ 用剪刀沿著虛線將測驗遊戲卡剪下。

❷ 卡片正面為情境插圖，背面為單元中收錄的演練試題，結合正面的配圖與試題情境，再次驗收自己的學習成果吧！

❸ 測驗結束後，可翻至卡片背面標示的頁碼，重新複習字義上的辨析，確保自己都搞清楚這些易混淆單字的差異了！

No More Confusing Words
by Illustration

Chapter 1

日常生活篇
Daily Life

攜 帶

bring / carry / take

帶花給女朋友與帶走垃圾，是一樣的帶嗎？

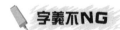 字義不NG　*Essential Meanings*

bring	指把物品帶過來，或是帶至說話者目前所在的位置，bring to 是指「把某物品帶給某人」，而 bring for 則表示「為某人或某目的帶來某物品」。
carry	指以車輛、手或身體揹負等方式移動物品，carry with oneself 是說「隨身攜帶某物品」。
take	表示把物品帶離自己，或帶到說話者指定的其他位置，take to 是說「把某物品帶去給某人」。

 造句不NG　*Example Sentences*

➲ **bring** [brɪŋ] 動 帶來、拿來

Please do always remember to **bring** your key when you come here, O.K.?

拜託你來這裡的時候，一定要記得帶鑰匙，好嗎？

➲ **carry** [ˋkærɪ] 動 攜帶

What are you **carrying** on your back? It seems heavy.

你背上揹的是什麼？看起來很重。

➲ **take** [tek] 動 帶走、取走

She **took** my money away and denied it!

她拿走了我的錢還否認！

 圖解不NG

日常生活　學校職場　情感心智　社會萬象　UNIT 001

 小試不NG

Ming (took / brought / carried) flowers to me.

譯 小明帶了花給我。

說明

本題的關鍵在 me，說話者為 I，則帶東西給說話者的動詞要用 bring；若將東西帶給第三者，則必須用動詞 take；carry 不具有方向性，單純表示「攜帶、帶著」的意思。所以本題正解為 brought。

修　理

repair / fix / mend

會統學
▶MP3 002

修理壞掉的手機與修理你弟弟，使用的字一樣嗎？

 字義不NG *Essential Meanings*

repair	泛指「修補」，修補對象包括了房屋、道路、機器到日常生活用品，是指將受到某種程度損壞的物體恢復原狀或功能。fix 和 repair 兩者大多時候可以互換，但 repair 較為正式。
fix	意為「修理」，指把耗損或破損的零件予以替換或組合，好修復物品。除了當作「修理」，fix 的用法也相當廣泛，像是「解決」問題、「安排」約會、「收拾」善後，或是要「修理」某人等等，都可以用 fix。
mend	意為「修補、縫補」，泛指恢復某物原來的樣子（包括用針、線來縫補），一般指較小的物品，也能用於修補一段感情。

 造句不NG *Example Sentences*

⊃ repair [rɪˋpɛr] 勔 **修理、修補**

You must **repair** your air-conditioner ASAP. 你必須盡快修好冷氣。

⊃ fix [fɪks] 勔 **修理**

She **fixed** her computer yesterday by replacing the connector.
她昨天換掉連接線，把電腦修好了。

⊃ mend [mɛnd] 勔 **修理、改正、縫補**

Could you **mend** this hole in my shirt?
你能幫我縫補襯衫上的破洞嗎？

圖解不NG Funny Illustration

 **小試不NG** QUIZ TIME

Mom is (fixing / repairing / mending) my socks, not (fixing / repairing / mending) the air-conditioner.

譯 媽媽正在縫補我的襪子，不是在修理冷氣。

說明

襪子是布料，需要用針線縫補，只有 mend 有縫補修復的意思；fix 用途較 repair 廣泛，凡指修理物品都可以用 fix；repair 則為比較正式的用法，通常也可用 fix 代替。所以本題第一格答案為 mending，第二格則為 fixing 或 repairing。

在上面

above / over / on

會統學
▶MP3 003 ►►

烏鴉飛過你頭上，該用哪個字才好呢？

 字義不NG Essential Meanings

above	表示在某物上方或更高之處，但不一定是正上方，有可能是在左上方或右上方，且兩者並無接觸，above 的反義詞是 below。
over	表示位於某物的正上方，兩者之間無接觸，如在頭頂上，用 over 就是指頭頂正上方，用 above 則是指在頭上某處，over 的反義詞是 under。
on	表示物品在某物的表面上，兩者間有接觸，如在牆上、在桌上，就須用 on，反義詞是 beneath。

 造句不NG Example Sentences

○ above [ə`bʌv] 介 在……上面
　I wish I could fly above the clouds.
　但願我能翱翔雲端。

○ over [`ovɚ] 介 在……上面
　A jet plane just flew over our heads.
　一架噴射機剛剛從我們頭頂飛過。

○ on [ɑn] 介 在……上面
　There is bird poop on your shoulder.
　你肩膀上有鳥屎。

 **圖解不NG** Funny Illustration

小試不NG QUIZ TIME

The black cat is (on / above / over) the sofa, and the snacks are (on / above / over) the white cat. The fat cat is jumping off the shelf and (on / above / over) the black one.

譯 黑貓在沙發上，零食在白貓上方。肥貓從書架跳下，越過黑貓。

說明

判斷關鍵就在於有沒有直接接觸以及是否在正上方這兩點，黑貓在沙發表面上，所以要用 on；零食在桌上，而白貓站在桌子下，可以看出零食跟白貓沒有直接接觸，又不在白貓的正上方，所以要用above；最後，胖貓越過黑貓的上方，胖貓在通過黑貓身體的時候才是越過，而 over 有「覆蓋在上、越過、正上方」的意思，為正解。所以本題第一格為on，第二格為above，第三格為over。

日常生活　學校職場　情感心智　社會萬象

UNIT 003

21

有能力的

able / capable

他相信自己是有能力的員工，但卻懷才不遇，要怎麼表達？

 字義不NG *Essential Meanings*

able	able 與 capable 都泛指擁有某種技術、知識等，因此有能力、能勝任某項事物或工作，所以兩者可以通用。唯一較明顯的區別是後接的介系詞不同。常見用法為 be able to = can。
capable	表示技術難度上沒有很高的狀況，同時也可用來描述事情「易於……的、可以……的」。與 capable 配合的介系詞為 of，因為是介系詞，所以後接名詞或動名詞。

 造句不NG *Example Sentences*

➲ able [`eb!] 形 **有能力的、能幹的**

I favored him because he was an **able** manager.

我中意他因為他是能幹的管理者。

➲ capable [`kepəb!] 形 **有能力的、能幹的、有才華的**

I am not **capable** of finishing this complicated project alone.

我無法獨自完成這件複雜的項目。

Seeing the operation undergone last night, I think Hanks is a **capable** surgeon.

看到昨晚進行的手術後，我認為漢克斯是很有能力的外科醫師。

 **圖解不NG**

 小試不NG

The muscular man is (able / capable) to lift a one-ton elephant.

譯 猛男可以舉起一頭一噸重的大象。

> **說明**
>
> 本題的判斷關鍵在於句子中出現的 to，由 able 與 capable 的使用方法即可得知正確答案。able 與 capable 詞性與意思相同，也可以通用，但兩者有一個最大的區別，在於 able 須與 to 配合，後面只能接原形動詞；而 capable 則須與 of 配合，後面須接名詞或動名詞。所以正確答案為 able。

完 成

accomplish / complete / finish

媽媽問你「功課做完了沒」，該用哪個字才對？

字義不NG

accomplish	表示工作或案子已經完成，同義字還有 realize、fulfill、complete，沒有「努力」或是「尚在進行」的意思。
complete	指的是完成指定或預定的任務，或將未完成的部分變得完整，例如 complete my study（完成學業）。
finish	表示做完某個動作或事情，後面的動詞只能以動名詞型態出現，例如 finish eating your dinner（吃完你的晚餐）。

造句不NG

⊃ accomplish [əˋkɑmplɪʃ] 動 完成、實現、達到
You **accomplished** your mission eventually.
你終於完成任務了。

⊃ complete [kəmˋplit] 動 完成、使完整
I can **complete** my homework by 7 o'clock.
我七點前可以做完作業。

⊃ finish [ˋfɪnɪʃ] 動 結束、完成
I haven't **finished** my shower. Stop pushing me.
我還沒洗好澡，別催我。

 圖解不NG

 小試不NG

Mr. Smith has to (finish / complete / accomplish) doing his work by tomorrow morning.

譯 史密斯先生必須趕在明早前完成他的工作。

說明

判斷關鍵在於 doing 這個字，finish 後面可以接動名詞；complete 通常直接接名詞，表示「完成某一件事，使其達到完整的狀態」，但也可以接動名詞；accomplish原則上後接名詞，表示「完成一件不容易的任務、事情」。所以本題正解為 finish 和 complete。

目　標

aim / purpose / goal

魯夫總喊著「我要當海賊王」，他應該用哪個字表達他的目標？

 字義不NG *Essential Meanings*

aim	指為了達成目標或目的，所選擇的方向或行動，強調的是達成目標前所必要的手段或過程。
purpose	表示想立即到達的點或目標，如果要說「目標是登上玉山山頂」，可以知道這是想要立即實現的目標。
goal	是預計達成的長期或終極目標，也可指賽跑的終點、旅行的目的地等。

 造句不NG *Example Sentences*

⊃ aim [em] 名 **目的、目標**

To live a good life, it was her **aim** to make a fortune, but not anymore.

為了過好生活，賺大錢曾是她的目標，但現在已經不是了。

⊃ purpose [`pɜ·pəs] 名 **目的、意圖**

What is the **purpose** of your last journey to Europe?

你最近一次去歐洲是要做什麼？

⊃ goal [gol] 名 **目的、目標**

It is not my **goal** in life to be manipulated by you!

被你操控不是我的人生目標！

圖解不NG

小試不NG

The marathon runner with NO. 101 reached the finish line first. The audience cheered for him when he got to the (goal / aim / purpose).

譯 編號 101 的馬拉松跑者率先抵達終點線。觀眾在他到達終點時都替他歡呼。

說明

本題顯而易見是賽跑的畫面，所以抵達終點就要用 goal 這個字。aim 是達成目標前所必須先達成的手段；purpose 的意思偏向「目的、意圖」，因此也不符合本句要表達的意思。所以本題正解為 goal。

日常生活 學校職場 情感心智 社會萬象 UNIT 006

27

全部的

all / whole / entire

會統學
▶ MP3 007

在電視上唱歌跳舞的女孩們都很可愛，應該怎麼說才對呢？

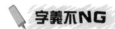
字義不NG Essential Meanings

all	可修飾可數或不可數名詞，修飾複數可數名詞時，表示三者以上的全部，動詞用複數；若是修飾不可數名詞，動詞則用單數。
whole	whole和entire兩字皆指稱單一事物的全部，像是一整個蘋果派、一整天等，用whole或entire皆可。
entire	基本上意思跟whole接近，指完整無缺的，沒有絲毫遺漏或不見的部分，因字首開頭為母音發音，故不定冠詞要用an。

造句不NG Example Sentences

◯ all [ɔl] 形 一切的、所有的

All of us felt nervous when Mom was sent to hospital.

當母親被送去醫院時，我們所有人都很緊張。

◯ whole [hol] 形 全部的、全體的、所有的

The **whole** business killed my trust in you.

整件事情毀了我對你的信任。

◯ entire [ɪnˋtaɪr] 形 全部的、整個的

We spent the **entire** month remodeling my aunt's house.

我們花了一整個月的時間整修我阿姨的房子。

圖解不NG　*Funny Illustration*

小試不NG　*QUIZ TIME*

The three girls are (all / whole / entire) singers. They ate an (all / whole / entire) cake on the celebration party.

 這三名女孩都是歌手。她們在慶祝會上吃掉一整個蛋糕。

說明

第一句的判斷關鍵在 singers 這個字，因為 whole 與 entire 這兩者都在強調一個完整的個體，所以通常用來修飾單數名詞，但 singers 為複數，只有 all 這個形容詞可以修飾。第二句可由 an 來判斷，an 後接母音開頭的單數可數名詞，故可以先將 whole 排除，all 是強調群體裡的每一個組成分子，通常我們理解的蛋糕是一個完整個體，所以 entire 更適當。因此第一格填 all，第二格填 entire。

日常生活　學校職場　情感心智　社會萬象

UNIT 007

29

允 許

allow / permit

許多公眾場所不許抽煙，該用哪個字才對呢？

字義不NG Essential Meanings

allow	跟 permit 兩者通常可以互換，allow 帶有默許的意味，缺乏阻止的意願或較為被動的不阻止之意涵。allow 後面一般接不定詞，但有些情況下也會接動名詞，用法跟 permit 相同。
permit	主動意味較allow強烈，用法上也比allow更加正式，故一般常用於請求許可。allow 和 permit後面可接受詞（通常為人）再接不定詞，如果沒有受詞（人）時，則後改接 Ving。

造句不NG Example Sentences

➲ allow [əˋlaʊ] 動 **容許**

Looking up the words in the dictionary is **allowed** in Cliff's class but not in other classes.

克里夫的課堂上可以查字典，但其他的課就不行。

We don't **allow** eating, drinking and chewing gum on the MRT.

捷運車廂上禁止飲食和嚼食口香糖。

➲ permit [ˋpɝˑmɪt] 動 **允許**

Some local governments **permit** wolf hunting.

有些地方政府允許獵狼。

圖解不NG

小試不NG

The sign says "eating and drinking are not (allowed / permitted) in the library."

📖 告示牌上寫著：「圖書館內禁止飲食。」

說明

雖然allow和permit兩字意思相近、用法相同，有時也可以互換，但仍有些許語氣上的區別。allow 泛指一般上的允許、准許，而 permit 通常用於上對下、規則或法令上的准許。因此在此處，圖書館內不准飲食屬於一種規定，可以使用 permit，但也可以使用常見的 allow。所以本題 allowed 和 permitted 兩者皆可。

日常生活　學校職場　情感心智　社會萬象

UNIT 008

之 間

among / between

兩人之間與三人之間，有什麼不能說的祕密？

字義不NG　Essential Meanings

among	指在三者或三者以上的之中。另外，若泛指個體，則使用 between；若泛指整體，則使用 among，舉例來說，flowers between buildings，是指生長在校舍和校舍之間的花，如果是 flowers among buildings，則指生長在大範圍的校舍之中的花。
between	介系詞，常用於表達兩者之間，因此後接複數可數名詞。此外，常見用法還有 between A and B，是指「在 A 和 B 之間」。

造句不NG　Example Sentences

⊃ among [əˋmʌŋ] 介 在……中

Gayren is always the smartest among all of us.

在我們所有人之中，蓋倫一直是最聰明的。

⊃ between [brˋtwin] 介 在……之間

I sense tension between you and your wife.

我感覺你和你太太之間的關係很緊張。

The Taiwan Strait is between China and Taiwan.

台灣海峽位於中國大陸與台灣之間。

圖解不NG

Debby　　Scott　　Daisy　　May　　Ben

 小試不NG

Scott is standing (between / among) Debby and Daisy. Daisy is standing (between / among) these people.

譯 史考特站在黛比與黛西之間。黛西站在這一群人之中。

說明

位於某兩者之間的介系詞用 between，而若要表達在一群體中，則介系詞要用 among。所以本題第一格要用 between，第二格要用 among。

日常生活　學校職場　情感心智　社會萬象　UNIT 009

數 量

amount / number / quantity

會統學
▶ MP3 010

大量的人潮一日之間提走大量的存款，用的是同樣的字嗎？

 字義不NG *Essential Meanings*

amount	用於表達不可數名詞的數量，像是錢、金屬或液體等，例如 a large amount of gold（大量的黃金）。
number	表示「數量、量」時，用於表達複數可數名詞的數目，像是筆、書、碗、盤等。a large amount of 修飾不可數名詞，用法等於 much；a large number of 修飾複數可數名詞，用法等同 many。
quantity	也是「數量、量」的意思，用法基本上跟 number 相同。

 造句不NG *Example Sentences*

⊃ amount [əˋmaʊnt] 名 **數量**

Why did you buy such a big **amount** of sand?
你為什麼買這麼多沙子？

⊃ number [ˋnʌmbɚ] 名 **數目**

A large **number** of friends make your life fulfilling.
交友廣闊讓生命變充實。

⊃ quantity [ˋkwɑntətɪ] 名 **量、數量**

A small **quantity** of blood stains were found in his trunk.
他的後車廂中被發現少量血跡。

圖解不NG Funny Illustration

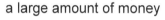

a large amount of money　　a large number of clothes

小試不NG QUIZ TIME

The doctor told me to have an adequate (amount / number / quantity) of sleep to get well.

譯 醫生囑咐我說要有充足的睡眠才能恢復健康。

說明

number 最為人熟知的意思是作「數目、數字」解釋，接著才是「數量」，而 amount 和 quantity 則都帶有「數量、量」的含意，三者都可以寫成a large / small amount / number / quantity of的形式，表示「大／少量的」。amount 基本上只修飾不可數名詞，number 只修飾可數名詞，而 quantity 兩者皆可。本句是指充足睡眠的「量」，睡眠為不可數，所以只能用 quantity 和 amount 來修飾。

回 答

 會 統 學
 ▶MP3 011

answer / response / reply

給我回答、給我回覆與給我回應，究竟有什麼不同？

 **字義不NG** *Essential Meanings*

answer	是指口語或書面的回答、回應，主要是對問題、書信、電話的一種回應，而 response 較常出現在書面及正式的用法。
response	對書面或動作的回應，可以是自願或非自願的，「被迫做出回應」就可用 response。response to 是「對……的回應」。
reply	也是回答、回應的意思，像是針對提問做出的回答，或是對他人的動作做出回應，常接 to 再接回應的對象。

 **造句不NG** *Example Sentences*

⊃ answer [ˈænsɚ] 動 名 **回答**

I am afraid I don't know how to **answer** your question.

我恐怕不知道該如何回答你的問題。

⊃ response [rɪˈspɑns] 名 **回應**

She showed no **response** to my protest.

她對於我的抗議沒有做出回應。

⊃ reply [rɪˈplaɪ] 動 名 **回覆**

I need to **reply** to Norman's proposal ASAP.

我需要盡快對諾曼的提案做出答覆。

 圖解不NG

小試不NG

What is your (answer / response / reply) when you see a snake on the plane? What will you do?

 你看到飛機上有蛇時，會有什麼反應？你會怎麼辦？

說明

重點是「看到飛機上有蛇時」，應該是問反應會如何，這時候用 answer 就不太適合，response 有「回應、反應」的意思，而 reply 則偏向對動作的「回應」，因此本題正解為 response。

日常生活　學校職場　情感心智　社會萬象

UNIT 011

37

到 達
arrive / reach / get to

到站、到家、到終點，究竟該用哪個「到達」呢？

字義不NG *Essential Meanings*

arrive	三者都有表示抵達目的地的意思，最明顯的區別是 arrive 後面須加介系詞 at／in，才能接地點。 • arrive at 泛指到達精確的地點。 • arrive in 泛指到達大範圍的地點。
reach	為及物動詞，後面不需加介系詞就可直接接受詞；同時，reach 可表示即將到達目的地。
get to	為三者中最口語化的用法，這裡的 to 是介系詞，後面直接加地點。

造句不NG *Example Sentences*

⊃ **arrive** [əˋraɪv] 動 **到達**

As soon as he **arrived** at his office, the police came.

當他一抵達辦公室，警方就趕到了。

⊃ **reach** [ritʃ] 動 **到達**

When will you **reach** Taiwan? I want to pick you up.

你什麼時候抵達台灣？我要去接你。

⊃ **get to** [gɛt tə] 動 **到達**

When I **got to** the bus stop, the bus had left.

當我到公車站時，公車已經開走了。

 **圖解不NG**

 小試不NG

The bus finally (got to / arrived at / reached) the bus stop.

譯 公車終於進站了。

說明

這三者都是抵達的意思，get to 是最常見的用法，口語上最常聽見；arrive 則比較正式，因為是不及物動詞，所以後面視地點須搭配不同的介系詞，公車站牌是小範圍、明確的地點，故用介系詞 at；reach 也是抵達某處，尤其用於花了很長一段時間或努力的時候，但還是可以用於一般的情況。因此此處三者皆為正解。

UNIT
013

提 問

ask / question

請問芳名與詢問犯人，用錯「問」這個字就糗了。

字義不NG *Essential Meanings*

ask	兩者都泛指尋求資訊。ask 使用上較廣泛也更普遍，屬於授與動詞的一員，後面要接間接受詞再接直接受詞。例如 ask you a private question，這裡的 you 為間接受詞，a private question 則是直接受詞。其他常見用法有 ask for help（求助）、ask the address of you（跟你問地址）。
question	除了泛指小心及持續的詢問之外，尚有懷疑、審問的意味，像是警方在訊問犯人的時候，就可以用 question（質問）這個字。

造句不NG *Example Sentences*

⊃ ask [æsk] 動 詢問

The teacher **asked** the new student his name.
老師問新生他叫什麼名字。

Would you mind my **asking** your occupation?
你介意我問你是做什麼的嗎？

⊃ question [ˋkwɛstʃən] 動 質問；名 詢問、問題

You are not a cop. Why can you stand here and **question** me?
你不是警察，為什麼可以站在這裡質問我？

 **圖解不NG** ~~Funny Illustration~~

 小試不NG ~~QUIZ TIME~~

Look! A foreigner with a map on the hand is (asking / questioning) the girl for directions.

譯 瞧！一位拿著地圖的外國人正向女孩問路。

說明

單純地問路、問方向、問問題等，不帶任何質疑成分的話，就用 ask 這個字；而 question 則用於官方地、帶有質疑真實性的詢問。因此本題正解為 asking。

日常生活　學校職場　情感心智　社會萬象

UNIT 013

在後面

back / rear / behind

坐在車子後座與站在車子後方，是一樣的用法嗎？

 字義不NG Essential Meanings

back	指的是物體或空間的後方，需要注意的是，in back of 是在空間之外，而 in the back of 則是在空間之內，舉例來說，sit in the back of the classroom 是指「人坐在教室後方處」。
rear	可做名詞或形容詞，泛指物體或空間內部的後方。
behind	若當「後面」的意思使用時，意同 at the rear of 以及 in back of，為介系詞，例如 behind the table（在桌子後面）。也可當副詞用，例如 stand behind（站在後方）、leave sb. behind（留下某人）。

 造句不NG Example Sentences

➲ **back** [bæk] 名 後面；形 後面的；副 在後面

Our storage room is located in **back** of this mansion.

我們的倉庫位於這座宅第的後方。

➲ **rear** [rɪr] 名 後面；形 後面的

At the **rear** of the classroom is a bulletin board with our creations.

教室後方是有我們創作的布告欄。

➲ **behind** [bɪˋhaɪnd] 介 在……後面；副 在後

I saw something **behind** you just now but it then disappeared.

我剛才看到你身後有東西，但是又不見了。

圖解不NG

 小試不NG

The black cat is (behind / in the back of / at the rear of) the carton. The white one is (behind / in the back of / at the rear of) the carton.

譯 黑貓在紙箱的後面。白貓在紙箱子裡面。

說明

表達在某物體的後方時，可用 behind、in back of、at the rear of；
若要表達在某空間的後方時，則需用 in the back of。因此第一格要
填 behind、at the rear of，第二格要填 in the back of。

在前面

before / in front of / ahead

 會 統 學 ▶MP3 015 ◀

電線桿前有路障，為何要用 **before**，不能用 **ahead**？

 字義不NG *Essential Meanings*

before	可當介系詞或連接詞。可表時間上的先後或重要性的先後，意思等於 prior to。若是表示地理位置的前後，則意同 in front of。
in front of	介系詞片語，泛指在地理位置上的之前。in front of 與 in the front of 的用法也跟 in back of 與 in the back of 相同。
ahead	ahead 有時間、順序、位置、重要性上，在某事物前面的意思，只能當副詞。ahead 也有「提前、往前」的意思，像是 go ahead（往前走、繼續下去）、book a ticket ahead（提前訂票）。

 造句不NG *Example Sentences*

⊃ **before** [brˋfor] 介 連 **在……以前**
There are only few months left **before** the so-called end of the world.
距離所謂的世界末日剩沒幾個月了。

⊃ **in front of** [ɪn frʌnt əv] 片 **在……之前**
There is a cockroach **in front of** the coffee table.
咖啡桌前面有一隻蟑螂。

⊃ **ahead** [əˋhɛd] 副 **在前、向前**
The road **ahead** is bumpy.
前方的路顛簸不平。

 小試不NG *QUIZ TIME*

The final exam is on November 9. Tim has to get prepared (before / in front of / ahead) that day.

🈑 期末考在 11 月 9 日。提姆必須在那天之前做好準備。

說明

本題的判斷關鍵在於日期，期末考是在 11 月 9 日，應當於這一天之前做好準備，是表示時間的先後，要用 before。ahead 雖然有時間上的提早、往前，但只能當副詞，不能放在名詞之前。in front of 則是指地理位置上的前面，不能表示時間。所以本題正解為 before。

日常生活　學校職場　情感心智　社會萬象　UNIT 015

開　始

begin / start / initiate

老師對著同學喊「開始上課囉！」，你猜會用哪個字呢？

字義不NG　Essential Meanings

begin	begin、start、initiate 都是泛指採取某種過程的第一步驟，但用在敘述「一連串事件的開端」，在書面上比較常用 begin。
start	與 begin 意思類似，比較強調動作上的開始，比 begin 口語化，一般對話中很常出現，大多情況下，兩者都能通用。
initiate	泛指「造成某項流程的第一步」。例如要說「對非法罷工之員工展開訴訟行動」時，就可用 initiate。

造句不NG　Example Sentences

⊃ **begin** [bɪˋgɪn] 動 **開始**

I am wondering when you **began** teaching yoga.

我很好奇你何時開始教瑜伽的。

⊃ **start** [start] 動 **開始**；名 **啟動**

Winnie **started** smiling as soon as Jimmy came in.

吉米一走進來，薇妮就開始微笑。

⊃ **initiate** [ɪˋnɪʃˌɪet] 動 **啟動**；名 **新加入者**

Your remarks will **initiate** strong antagonism between these two companies.

你的言論會引發這兩家公司的強烈對立。

圖解不NG

 小試不NG

The race will (begin / start / initiate) at any minute.

譯 比賽隨時開始。

說明

基本上，begin和start兩字意思和用法極為相近，大多數時候都可以互通，只有微妙的差異，即start比較強調動作的開始，begin則是過程、狀態、程序上的開始。initiate 用於比較正式的場合，如重大事件、議程或法案等。故本題最恰當的答案是 start，但begin、initiate 也可以選。

下　面

below / under / beneath

水在零度以下結冰與未成年不得進入聲色場所，是用一樣的字嗎？

字義不NG　Essential Meanings

below	三者都泛指「比較低的位置」的介系詞，但意思上還是有些許不同。below 表示在物體下方或更低處，但不接觸該物體。
under	指示位置時，用來表示在物體正下方，但不接觸該物體。也可用來表示年紀、數字上的「小於、低於、不滿……」之意。
beneath	比較書面及正式，beneath 也有表示某一事物處於另一事物正下方的位置，但彼此沒有接觸，例如要說「坐在大樹下」就可以用 beneath。

造句不NG　Example Sentences

⊃ below [bə`lo] 介 在……下面
There was a stain **below** my pocket.
我的口袋下方有塊汙漬。

⊃ under [`ʌndɚ] 介 在……下面
Kids living **under** tough circumstances get happy more easily.
生活困苦的小孩比較容易開心。

⊃ beneath [bɪ`niθ] 介 在……下面
It's said that the captain's treasure is located **beneath** that tree.
據說船長的寶藏在那棵樹下。

 **圖解不NG**

 小試不NG

The fish is swimming (under / beneath / below) the surface of water.

譯 魚兒悠游於水面下。

> **說明**
>
> 依圖判斷，魚兒是位在水面之下，沒有接觸到水面，所以可以用
> under、beneath、below 來表示水面下，三者都是正解。

日常生活　學校職場　情感心智　社會萬象

UNIT 017

說 話

speak / talk / tell

會 統 學
▶ MP3 018

演講、講笑話與跟人聊天，究竟有何不同？

字義不NG Essential Meanings

speak	意指「講、談」，後常接語言、演說等，也可指用有連貫性與系統性的方式發表演講。speak 側重於說話的動作與言語能力而非內容。
talk	是指通過與他人交談交換意見、思想、消息等。引申為「表達思想、提供資訊、說出內情、說閒話」。talk 可接 about、of、over、to、with，但意思各有所別，要特別留意。
tell	意指「告訴或講述」，是用語言或文字「告知、告訴、講述」某事，強調思想的表達，而不強調表達的方式。

造句不NG Example Sentences

◯ speak [spik] 動 說話、講話、發表演說、陳述意見
You must **speak** to your client on this matter.
你必須和客戶討論這件事情。

◯ talk [tɔk] 動 名 講話、談話、商談、商討
I haven't **talked** to my wife about relocation.
我還沒有和我太太討論搬家的事。

◯ tell [tɛl] 動 告訴、講述、說
I want to **tell** you a secret that Cliff asked me not to **tell** you.
我要告訴你一個克里夫叫我不要告訴你的祕密。

圖解不NG

小試不NG

Joseph is the person who (tells / says / talks about / speaks) what he sees. Though he is so direct, he doesn't (tell / say / talk about / speak) his friends' secrets or gossip.

譯 喬瑟夫是有話直說的人，雖然為人直白，但他不說朋友的祕密或八卦。

說明

tell 是及物動詞，後面常接 a story / a joke / a lie，也可以接說話的對象。say 是及物或不及物動詞，後面常接 a word / something / goodbye，在引述別人的話時，又分間接引述與直接引述。talk 是不及物動詞，因此不管說什麼內容或對誰說話，都要加個介系詞。speak 最常搭配語言。本題第一格是指 Joseph 是有話直「說」的人，說的是內容，say 最為恰當。第二格談論祕密或八卦時應該用 talk about。

日常生活　學校職場　情感心智　社會萬象

UNIT 018

借東西

borrow / lend / loan

會統學
MP3 019

銀行借款、向同學借筆記與借錢給好友，三種借有何不同？

字義不NG　Essential Meanings

borrow	是指得到物主的允許，暫時得以擁有或使用某物，也就是向物主借來某物，常與介系詞 from 配合，寫成 borrow sth. from sb.。
lend	與 borrow 相反，是指允許他人暫時擁有或使用自己的物品，也就是出借某物給他人，常與介系詞 to 配合，寫成 lend sth. to sb.。
loan	跟 lend 意思相同，但用法上比較偏向將錢或實體物品借給他人，而 lend 可以用在較為抽象的主體，例如 lend me your ears（聽我說）、lend me a hand（幫我個忙）。

造句不NG　Example Sentences

⊃ borrow [`baro] 動 借入

Jason **borrowed** my phone but has not returned it to me.

傑森向我借手機，還沒有還給我。

⊃ lend [lɛnd] 動 借出

Would you mind **lending** me your bike?

可以借我你的單車嗎？

⊃ loan [lon] 動 借

Tim, can you **loan** me NTD 500?

提姆，可以借我五百元嗎？

圖解不NG Funny Illustration

Jack   David

小試不NG QUIZ TIME

Jack (borrowed / lent / loaned) me his notebook.

譯 傑克把筆記借給我。

說明

筆記本為 Jack 所有，所以是 Jack 將筆記本出借給我（David），
因為 lend 和 loan 都有出借的意思，為本題的正解。borrow 則是
「借入」的意思，如此一來，做借入這個動作的主詞要改成David
才正確。

UNIT 019

打　擾

bother / annoy / disturb

會 統 學
▶MP3 020

妹妹一直哭鬧不停，打擾你讀書，這時你會怎麼說？

字義不NG　　Essential Meanings

bother	泛指造成他人不便或身心上的痛苦，因打斷對方正在做的動作而造成對方困擾，有時可與 annoy 互換。此外，bother 也含有不願費力去從事某事的意思，像是 Don't bother.（不必麻煩了。）
annoy	表示不斷地透過麻煩的行為，造成他人的不悅與不耐。像是蚊子嗡嗡叫的聲音「很令人煩躁」，就用 annoy。
disturb	為較正式的用語，指擾亂別人正在進行的事，使別人感到厭煩，或指某事物使某人的心緒受到明顯的干擾，如焦急、困惑、失望等。

造句不NG　　Example Sentences

つ bother [ˋbɑðɚ] 動 打擾

Don't **bother** me with your trivia.
別拿你的小事打擾我。

つ annoy [əˋnɔɪ] 動 惹惱

Stop poking me! You are so **annoying**!
不要戳我了，很煩耶！

つ disturb [dɪsˋtɝb] 動 擾亂、打擾

That noise **disturbed** my sleep.
那噪音妨礙我睡覺。

圖解不NG

小試不NG

Could I (bother / disturb / annoy) you with some math exercises?

譯 打擾一下，可以請教你一些數學習題嗎？

> **說明**
>
> 三個字都是「打擾」的意思，但受到干擾的情緒有所不同。disturb
> 最強烈，被打擾的人所感受到的情緒有可能是焦躁的；而annoy則
> 是讓人感到不悅或不耐煩，但仍是可以忍受的程度；bother的打斷
> 只是增加對方額外的工作，不至於讓人感到不悅，這裡只是想打
> 斷對方、請教對方問題，選用中性詞意的 bother 最佳。

喊　叫

shout / yell / cry

大叫失火與為球隊呼叫隊呼，該用哪個字呢？

 字義不NG　*Essential Meanings*

shout	表示以非常大聲的方式說話，大多起因於歡樂、讚美、命令或警告。shout at 是因生氣或其他非善意因素而大叫；shout to 則因距離遙遠等因素而放聲叫喊，不帶情緒。
yell	較口語化，意指因為呼救、緊張、驚嚇、憤怒或其他情緒而大聲呼喊。yell 為不及物動詞，需加介系詞 at、to 再接吼叫的對象。
cry	指大聲呼喊，常表示驚訝、興奮、驚恐，也指痛苦地哭喊，有時只表示一種感情，並不帶任何想法，有時則指大聲地說話。

 造句不NG　*Example Sentences*

⊃ shout [ʃaʊt] 動 名 **大叫**

Those boys always **shout** at one another but they still hang out together.

那群男孩總是互相叫囂，卻還是混在一起。

⊃ yell [jɛl] 動 名 **大叫**

That teacher surely knows how to make him stop **yelling**.

那位教師深知該如何阻止他大吼大叫。

⊃ cry [kraɪ] 動 名 **叫喊、呼叫、哭喊**

The knight **cried** that he found the gold.

騎士大喊他發現黃金了。

 **圖解不NG** Funny Illustration

小試不NG QUIZ TIME

The drowning man is waving his hands to the distant ship, (crying / yelling / shouting) for help.

譯 溺水的男子正向遠方的船隻邊揮舞雙手邊大喊救命。

說明

本題的判斷關鍵在於「大喊救命」，yell通常用於求救或是替隊伍歡呼大喊時；cry一般理解為哭喊，也有因為恐懼、痛苦、驚奇而喊叫出聲，此時純粹大喊，不帶哭泣的舉止；shout有大聲喊的意思，用於歡樂、命令、警告等情況時。因溺水而大喊救命，可知是生命受到脅迫、精神面臨恐懼時所發出的喊叫，因此本題正解為 yelling 和 crying。

UNIT 022

交通工具

vehicle / transportation

太空船也是一種交通工具，該用哪個字才對？

 字義不NG *Essential Meanings*

vehicle	可數名詞，泛指運輸人或物之交通工具的總稱，不只是汽車，飛行器或火箭也可涵蓋在內，此字需要特別注意發音，vehicle 的 h 不發音。
transportation	不可數名詞，現在常用來指距離較短的「交通」。也指將乘客或貨物從一處「運送」到另一處，或是「交通運輸系統」。在英國則用 transport 作為「交通工具」。

 造句不NG *Example Sentences*

⊃ vehicle [ˋviɪk!] 名 運載工具、車輛、飛行器

NASA must make sure there is no mistake about the launch vehicle.

美國太空總署必須確保太空火箭毫無差池。

They parked their recreational vehicle at the roadside and stayed overnight.

他們將休旅車停在路邊過夜。

⊃ transportation [ˌtrænspɚˋteʃən] 名 運輸工具、交通車輛

The transportation of goods by sea doesn't cost that much.

海洋運輸貨物的成本沒那麼高。

 **圖解不NG**

小試不NG

A spacecraft is the only (vehicle / transportation) that people use to fly to the moon.

譯 太空船是人們用來飛向月球的唯一交通工具。

說明

vehicle 是指用來運送人員或物資的載具，尤指用於陸地或馬路上的工具而言；在美國，transportation是指將人員物資從某處運送至另一處的運輸工具或運輸系統。本題的交通工具為飛行器，而vehicle 延伸也有火箭或飛行器的意思，故兩者都是合適的答案。

關 上

close / shut / seal

會統學
MP3 023

把書闔上與把門闔上，兩個字都一樣嗎？

字義不NG　Essential Meanings

close	意指用較平和或正常的方式來蓋住或阻擋通道或開口，一般關門、關窗、關店、闔上書等，都可用 close。
shut	也是「關」或「關上」的意思，但是著重在關閉的動作、過程及採取的方法。如同其發音較為短促、直接，shut 也常夾帶催促或生氣的情緒，其他常見用法有 shut your mouth（閉嘴）、shut up（閉嘴）。
seal	用蠟或膠水之類的黏劑封住物品，或避免溼氣或空氣的滲流，例如封好信封，就可用 seal。

造句不NG　Example Sentences

⊃ close [klos] 動 關閉

Since my last relationship, I have **closed** my door and not wanted to fall in love again.

自從上一段戀情之來，我關上心門，不想再墜入情網。

⊃ shut [ʃʌt] 動 關閉

Would you mind **shutting** your mouth? I am studying.

麻煩你閉嘴好嗎？我正在看書。

⊃ seal [sil] 動 封住；名 封蠟

People used to **seal** letters with wax.

人們過去習慣用蠟封緘信件。

 圖解不NG

 小試不NG

The wind was blowing through the window, so the man decided to (close / shut / seal) it.

譯 風從窗戶那邊吹進來,所以男子決定關上窗戶。

說明

關閉的對象是判斷關鍵。關窗一般可用 close 或 shut 來表示。seal 則帶有「密封」的意思,將某空間用膠水或蠟給封住,以隔離空間的內外,不讓空氣、水等物質在兩邊流通,抑或是封住入口處,不讓任何東西進出該空間。一般來說,關上窗只是要讓外面的風不要大量灌進室內,而非完全地密封住,故 seal 不符合本題意指。

日常生活　學校職場　情感心智　社會萬象

UNIT 023

UNIT
024

在……期間

during / while

▶ MP3 024

考試期間不准東張西望，該用哪個字才對？

字義不NG　Essential Meanings

during	為介系詞，表示「在某項活動進行期間」，後面接比賽、測驗、假期等諸如表達一段時間的活動作為受詞。
while	意思是「和……同時」，表示兩動作正在進行，為從屬連接詞，後面可接子句或分詞，例如I was chatting with Gayren while watching television.（我邊看電視邊和蓋倫聊天。）由於此句中 watching television 為現在分詞構句，只能用連接詞 while。

造句不NG　Example Sentences

⊃ **during** [`djʊrɪŋ] 介 **在……的整個期間**

I felt no care from my family **during** my childhood.
童年時我並未感受到家庭的關愛。

Our homeroom teacher kept talking **during** the class meeting.
我們班導在班會時不停地講話。

⊃ **while** [hwaɪl] 連 **當……的時候**

We can sneak out **while** he is asleep.
我們可以趁他熟睡時偷溜出去。

圖解不NG

 小試不NG

Samantha planned to take a vacation in Hawaii (during / while) this spring break.

譯 珊曼莎打算今年春節去夏威夷度假。

說明

兩者雖然字義相當，但詞性卻不同，因此只要能判斷出後方是名詞、子句或是分詞構句，就能鎖定要用哪個字。during為介系詞，後方常接表達時間的名詞，像是 party、meeting、Thanksgiving、lunch time、meal 等，此時不考慮動名詞，如果要表示睡眠期間的話，during sleep 比 during sleeping 更恰當。從屬連接詞 while 後接子句或省略主詞的分詞構句，基本上是強調某動作發生的期間，主要動作也正在發生的意思。本題使用的「春節」是名詞，因此用介系詞 during。

居 住

dwell / live / reside

會統學
▶ MP3 025

長期居住與短期居住，兩者上有差別嗎？

字義不NG Essential Meanings

dwell	指永久居住在某個地方，比較正式的用語，常見於文學上，不如live普遍。dwell為不及物動詞，後面必須接介系詞，才能接受詞。
live	是最常見的用詞，不論是短期或長期的居住都可使用。live也是不及物動詞。要注意的是，以不同的時態來詢問也有不同的涵義：簡單式是詢問對方長期的居住地；進行式則是詢問對方短期或暫時的居所。
reside	指較為長期或永久的居住在某地，遠不及live普遍。reside也是不及物動詞，後面須接介系詞方可接受詞。

造句不NG Example Sentences

⊃ dwell [dwɛl] 動 居住

I **dwelt** in Washington D.C. when my brother studied in Illinois.
我哥哥在伊利諾州念書時，我住在華府。

⊃ live [lɪv] 動 居住

She **lives** far away from downtown.
她離群索居。

⊃ reside [rɪˋzaɪd] 動 居住

You will **reside** at Regent Hotel on this business trip.
這次出差你會住在晶華飯店。

圖解不NG Funny Illustration

小試不NG QUIZ TIME

The apartment has three stories. There (live / reside / dwell) four residents.

譯 這棟公寓有三層樓，裡面有四個住戶。

說明

既然是公寓的住戶，可以推斷並非短期的投宿，因此要用描述長期「居住」的詞彙，而這三者都可指長期上的居住，三者都是正解。

日常生活　學校職場　情感心智　社會萬象

UNIT 025

每 一

each / every

這裡有兩件裙子，每一件我都好愛，應該怎麼說呢？

 字義不NG *Essential Meanings*

each	兩者都是文法上的限定詞，置於名詞之前，做為限定名詞之用，後面接單數名詞，但是兩者在語意和用法上有所差異。each 用於表示兩者間的每一，強調個體的區別，也可以當代名詞使用。
every	用來表示三者或三者以上的每一，強調群體之間的每一。此外，every 無法單獨使用，只能當不定形容詞，前面可用副詞如 practically、nearly、almost 等等來修飾，但 each 則不行。every 也可用以描述「每隔一段時間」，each 則不行。

 造句不NG *Example Sentences*

⊃ each [itʃ] 代 形 **各個**

　　Each of these two juveniles will be fined $1,000 for unlicensed driving.

　　這兩名少年都將因無照駕駛被罰一千元。

　　It's freezing today! Each of my hands is numb with cold.

　　今天真是冷爆了！我的每一隻手都凍僵了。

⊃ every [ˋɛvrɪ] 形 **每個**

　　Every one in that room was poisoned.

　　那間房裡的每個人都被下毒了。

圖解不NG

 小試不NG

Here are two dogs. (Each / Every) one is spotted.

譯 這裡有兩隻狗。每一隻都有斑點。

說明

each 是指兩者之間的每一個，主要強調個體的區別，可以當代名詞或形容詞，也就是說，不一定要接名詞，也能單獨使用；反之，every 則用於三者或三者以上的每一，但強調全體的情況，只能當形容詞，不能單獨使用，這是 each 和 every 使用上最大的差異。題目只提到兩隻狗，即能立刻判斷要用 each。

互 相

each other / one another

會 統 學
▶ MP3 027

我們彼此相愛，不容第三者介入，該用哪個詞強調兩人世界？

字義不NG　　*Essential Meanings*

each other	相互代名詞，作為動詞或介系詞的受詞。表示兩者之間的互相，例如 A 與 B 兩者互相愛慕，就可以說 fall in love with each other。
one another	相互代名詞，作為動詞或介系詞的受詞。表示三者或三者以上的互相，但現在的用法中，each other 已經普遍取代 one another，意即不論是兩者間的互相，或是三者之間的互相，經常可見用 each other 來代替 one another。

造句不NG　　*Example Sentences*

⊃ **each other** 代 **互相**

We hate **each other**. That's for sure.

我們相看兩厭，這是確定的。

⊃ **one another** 代 **互相**

In this family, everyone loves **one another**.

在這個家庭裡，大家相親相愛。

Baseball is a team sport. Every player must help **one another** for victory.

棒球是團隊運動。每位球員必須互相幫忙，爭取勝利。

圖解不NG *Funny Illustration*

小試不NG *QUIZ TIME*

Romeo and Juliet soon fell in love with (each other / one another) at first sight.

譯 羅密歐與茱麗葉立刻一見鍾情。

說明

each other 是用於兩人、兩者之間的「互相、彼此」，本句的主詞只有兩人，可知要使用 each other 來表達「互相」喜歡。one another 則多用於三者或三者以上的「互相、彼此」，然而目前的趨勢已逐漸被 each other 所取代。

日常生活　學校職場　情感心智　社會萬象

UNIT 027

吃東西

eat / consume

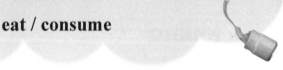

要問「這麼多零食，你是怎麼嗑光的？」應該怎麼說？

 字義不NG *Essential Meanings*

eat	有及物和不及物動詞兩種用法。作及物動詞時，意思是「吃……」；作不及物動詞時，意思是「進食」。eat 是指將食物放入口中，進而消化或吸收食物的過程，引申為慢慢地腐蝕或消磨食物的過程，且不包含「喝」這個動作。
consume	最原先的意思是「消耗」，但也有「吃光、喝光」的意思，引申為吃、喝完所有的飲食。

 造句不NG *Example Sentences*

⊃ eat [it] 動 吃

He has not **eaten** anything since he got dumped three days ago.

自從三天前被甩以來，他就沒吃過東西。

⊃ consume [kən`sjum] 動 吃完、喝光、消耗

That chubby guy **consumed** every dish on the table in 30 minutes.

那個胖傢伙在 30 分鐘內吃光桌上每一道菜餚。

If we still **consume** gasoline like that, all the fossil fuel will run out more quickly than we expect.

假如我們依然像那樣地消耗石油，化石燃料將比我們所預期地更快耗盡。

圖解不NG

 小試不NG

Seeing no one (eating / consuming) the dishes on the table, Josh (ate / consumed) all of them by himself. I still can imagine how full and satisfied he was!

譯 見沒有人要動桌上的菜，喬許獨自把它們全嗑光。我仍可想像他有多撐、多滿足！

> **說明**
>
> eat 只是單純地吃東西，因此吃的食物需是固態或湯品，但飲料、酒、水等就需用 drink 來表示。consume 則含括了吃與喝，是指將任何食物一掃而空的意思，強調吃喝的「完成」。have 也是吃、喝，但沒有「完成」的意涵。桌上的菜餚沒人吃，這裡的「吃」並非指「吃完」，所以要用 eating；第二格由後句的補充可以得到完整的線索，意即 Josh「吃完」桌上的菜餚，因此可以想像對方饜足的神情，所以本格要填入 consumed。

力 量

energy / power / strength

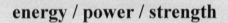

營養補給飲料給我滿滿能量，該用哪個字才對？

字義不NG　Essential Meanings

energy	意指人或動物精力的內在來源，也可指物理學上的能量，像是 save energy（節省能源）。
power	泛指各種力，例如電力、動力，例如 solar power（太陽能）、power plant（發電廠）等，或是指人擁有的權力、勢力、能力等。
strength	尤指身體、心理或精神上的「力氣或力量」，也可代表物理學上的強度。作「人所具有的力氣」解釋時，與 power 同義。

造句不NG　Example Sentences

⊃ energy [ˋɛnɚdʒɪ] 名 活力、精力、能量

Maria always greets her coworkers with energy.

瑪麗亞總是元氣十足地向同事打招呼。

⊃ power [ˋpaʊɚ] 名 權力、能力、電力、力量

The shortage of power limits the development of public infrastructure in this country.

由於電力匱乏，限制了該國公共基礎建設的發展。

⊃ strength [strɛŋθ] 名 力量、強度、優點、長處

I found my strength again after reading your book.

讀了你的書後，我重新找回我的力量。

圖解不NG

小試不NG

I forgot to charge my cellphone, so it has almost run out of (power / strength / energy).

譯 我忘了替手機充電，所以它已經快沒電了。

說明

power有「能力、力量、能源、電力」的意思，手機需要的電力就用power。energy雖然中文也有「能源」的意思，但其實指的是從電、石油中獲得的一種「能或能量」，像是動能或位能，可以作功以產生光與熱。strength比較不容易跟另外兩字搞混，是指一個人體能上的力氣、力量、精神上的韌性、強度，或是物品的強韌度等等，但沒有「能源、電力」的意思。因此本題正解為power。

日常生活　學校職場　情感心智　社會萬象

UNIT 029

足夠的

enough / adequate / sufficient

我真是受夠你了，為什麼不能用 **sufficient** 呢？

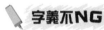 字義不NG　*Essential Meanings*

enough	表示數量上已足夠，且超出所需之量，份量上還綽綽有餘。當形容詞時可以放在名詞之前或之後。當副詞時只能放在形容詞或副詞之後。
adequate	表示數量、時間、金錢等達到某種客觀標準，沒有多餘，含有「適當」的意味。adequate 的否定型態為 inadequate。
sufficient	表示數量上正好足夠，也許還多一點點。否定型態也是在字前加 in，寫成 insufficient。

 造句不NG　*Example Sentences*

⊃ **enough** [ə`nʌf] 形 副 **足夠的（地）、充足的（地）**
This auditorium offers **enough** seats for the whole class.
這間演講廳的座位足以容納全班。

⊃ **adequate** [`ædəkwɪt] 形 **能滿足需要（量）的、適當的**
Without **adequate** proof for committing the crime, Martin was released.
由於沒有充分的犯罪證據，馬丁被釋放了。

⊃ **sufficient** [sə`fɪʃənt] 形 **足夠的、充分的**
Your savings are not **sufficient** for you to study abroad.
你的存款不夠你到國外留學。

圖解不NG

 小試不NG

Carl can't go to Harvard because he doesn't have (enough / adequate / sufficient) money to afford the tuition.

譯 卡爾不能去念哈佛，因為他沒有足夠的錢付學費。

說明

基本上這三個字意思都很相近，尤以 enough 最常見，也最廣為使用，其他兩字只是程度上略顯不同，因此這三個字皆為本題正解。
在此補充一下 enough 的慣用法，have had enough (of something)是「受夠了」的意思，一定要用完成式，而 that's enough 則是「夠了、別說了」的意思，enough is enough 則是「夠了夠了、適可而止」的意思。

胖 的

fat / plump / chubby

會 統 學
▶ MP3 031 ◀

要說「你很胖,該減肥了」,用什麼字比較不傷人?

字義不NG　Essential Meanings

fat	意思是「肥胖的」,泛指肉或脂肪過多,一般用來形容一個人過重,帶有貶義,用此字形容人是極不禮貌的,通常會用 big 來替換。
plump	意為「豐滿的、胖嘟嘟的」,泛指體型圓潤,具有較正面的意味,例如 that plump little baby(那個胖嘟嘟的小嬰兒)。
chubby	意為「豐滿圓胖的」,除了豐滿之外,尚有圓潤的意味,也是正面的用語,較為口語化,尤指孩童。

造句不NG　Example Sentences

⊃ fat [fæt] 形 肥胖的

Why is Uncle Steve so fat?

史提夫叔叔怎麼會這麼胖?

⊃ plump [plʌmp] 形 豐滿的

Your newborn daughter has cute plump cheeks.

你剛出生的女兒擁有可愛的胖臉頰。

⊃ chubby [ˋtʃʌbɪ] 形 圓胖的、豐滿的

Many people like her chubby face.

很多人喜歡她胖胖的臉。

圖解不NG *Funny Illustration*

 小試不NG *QUIZ TIME*

Look! What a lovely (fat / plump / chubby) chick it is!

譯 瞧！多可愛的胖小雞啊！

說明

在西方社會，尤其是美國，fat 是極強烈的貶抑詞，用 fat 來形容人胖是非常不禮貌的，有歧視的意味，容易引發對方的不滿，為避免不必要的衝突，一般人會用 big（塊頭大）或 heavy（過重）來代替。chubby 是胖胖的、但有討喜、健康的感覺，常用於形容孩童。plump 則是豐腴圓潤，雖然胖但胖得很可愛。另外還有其他用來形容胖的詞，如 overweight（過重的）、obese（肥胖的）、baby fat（嬰兒肥）等。本題的主詞是一隻小雞，圓滾滾的樣子就用 plump。

日常生活　學校職場　情感心智　社會萬象　UNIT 031

很少的

few / little

會統學

MP3 032

我的時間不多，有話快說，該用哪個字好呢？

字義不NG Essential Meanings

few 意指「很少、少到幾乎沒有」的程度，含有否定的意思，修飾複數可數名詞，像是 few coins（幾乎沒有硬幣）、few animals（幾乎沒有動物）。而 a few 則代表「一些」，意同 some。

little 同樣意指「很少、少到幾乎沒有」的程度，亦帶否定意涵，但用於形容不可數名詞，例如 little money（錢不多）、little time（時間不多）。而 a little 則代表「一些」，意同 some。

造句不NG Example Sentences

⊃ few [fju] 形 少數的、幾乎沒有的

There were few people walking in the street during the typhoon.
颱風期間，街上幾乎沒什麼行人。

That having night snacks gets fat is common sense, but few can resist temptation.
吃宵夜會變胖這件事大家都知道，但很少人能抗拒得誘惑。

⊃ little [`lɪt!] 形 不多的

We got little time to finish the report.
我們沒有多少時間可以完成這份報告。

日常生活　學校職場　情感心智　社會萬象

UNIT 032

 圖解不NG

little water　　little rice　　few leaves

小試不NG

There is (few / little) rice in the bowl. Not much left.

譯 碗裡只剩一點點飯。沒剩多少。

說明

本題的判斷關鍵為 rice，米飯是不可數名詞，加上後一句提到 Not much left（沒剩多少），可知碗裡的米飯所剩不多，因此要用 little 來修飾。few 則用於修飾複數可數名詞，因此後方要用複數名詞。

79

找東西

find / locate / look for

鑰匙不小心弄丟了，應該怎麼找呢？

字義不NG Essential Meanings

find	是「找到」的意思，指刻意去找而找到某種已經存在的事物，強調找到的狀態，像是 find the keys（找到鑰匙）、find one's way（發現途徑）。
locate	意為「確定……的地點、找出」，指透過搜尋、檢查或實驗等方式來找出其位置。例如 locate the source of this error（找出這項誤差的來源）。
look for	為口語化用語，表示嘗試找出或發現，或者證實某人事物的存在，跟 find 不同之處在於，look for 強調尋找的過程，但尚未找到。

造句不NG Example Sentences

⊃ find [faɪnd] 動 找到

Andrew found the comic book that he liked at last.
安德魯終於找到他喜歡的那本漫畫書。

⊃ locate [lo`ket] 動 探出、找出、確定……的地點

The U.S. government is trying hard to locate Edward Snowden.
美國政府正全力查明史諾登的下落。

⊃ look for 片 尋找

I am looking for a new job.
我正在找新工作。

 小試不NG QUIZ TIME

I spent half an hour (looking for / locating / finding) the other sock, and eventually I (looked for / located / found) it under the bed.

譯 我花了半小時在找另一隻襪子,終於在床底下給找到了。

説明

look for 是正在尋找的意思,強調尋找的過程。find 有「找到、找出、發現」的意思,強調的是結果,透過偶然地發現或是仔細地搜尋,找出物品具體的位置或是事情的解決方法、線索等。相對於 find,locate 則偏向找出目標的具體方位,像是鎖定嫌疑犯蹤跡,就可以用 locate。花了半小時在找另一隻襪子,屬於尋找的階段,因此第一格要用 looking for。最後終於在床底下「找到」襪子,則可以用 found 或 located 來表示。

圖解不NG Funny Illustration

禮 物

gift / present

只要是你送我的禮物，我都很開心，哪個「禮物」都可以嗎？

 字義不NG　*Essential Meanings*

gift	當「禮品」解釋時，通常是指不期待回報地將某物品給予其他人，另外 gift 也有「天賦、才能」的意思，像是 man of gifts 就是指「有才能的人」。
present	意指「禮物、贈品」，是比較口語化的字眼，具有「獎賞、報酬」的意涵，有時也帶有「紀念」的意味。當動詞時，作「呈獻、贈送」解釋。

 造句不NG　*Example Sentences*

➲ gift [gɪft] 名 禮品

Mark gave this homeless child clothes as a gift.

馬克給這位無家可歸的小孩衣服當作禮物。

Many tourists are used to buying some souvenir gifts at tourist sites.

許多觀光客習慣在觀光景點購買紀念禮品。

➲ present [ˋprɛznt] 名 禮物；[prɪˋzɛnt] 動 出現

My son received a number of presents on his birthday.

我兒子在生日時收到一些禮物。

 圖解不**NG**

日常生活 學校職場 情感心智 社會萬象

UNIT 034

小試不**NG**

Jerry was so happy to get many birthday (presents / gifts) on his birthday party.

譯 傑瑞很開心,他在生日派對上收到許多生日禮物。

說明

「禮物」就是指將東西送予他人,但不求回報或回禮,帶有讓人開心的意涵,present 用於較不正式的場合,禮物的價值也不高,通常是平輩間的送禮,或是下對上的場合。相反地,gift 則較正式,禮物的價值可以很高或是便宜,若要強調上對下的贈禮就要用gift。但現在很多時候兩字都可以互通,本題的敘述也無法得到更明確的線索,因此 presents 和 gifts 都可以使用。

UNIT 035

給 予

give / grant / hand over

我給你三秒鐘，立刻滾出我房間，該怎麼說好呢？

give	指將自己擁有的物品，自願送予他人而不期望報酬，在三者之中最常見，若要強調給予的對象的話，先加介系詞 to，再接對象。
grant	是「准予、授予」，意指同意某種要求，或實現某項願望，通常牽涉到法律過程。另一常見用法為「take sth. for granted」（視……為理所當然）。
hand over	表示放棄自身擁有的物品，將其交付予他人，若要強調給予的對象的話，先加介系詞 to，再接對象。

◯ give [gɪv] 動 給、送給

My mom did not **give** me the allowance this week.

我媽媽這禮拜沒給我零用錢。

◯ grant [grænt] 動 給予、授予

Jasmine's company just **granted** her the pension.

茉莉的公司剛付給她退休金。

◯ hand over 動 交出

Please **hand** your bag **over** to the guard before you enter our building.

在進入本大樓前，請將包包交給警衛。

小試不NG QUIZ TIME

The mail carrier (gave / granted / handed over) the letter which was supposed to be (given / granted / handed over) to Steven Chou to the guard named Eric.

譯 郵差將要給史蒂芬周的信轉交給一名叫艾力克的守衛。

說明

這三個字都有「給」的意思，但 give 單純是「給予」的動作，舉凡給東西、給建議、給予幫忙等都可用 give。grant 通常是由官方的立場做出「給予、同意、准許」的行為，例如給予簽證。hand over 則是將某物品交出來給別人，通常是讓出所有權或控制權，並將其交給他人的行為，或是請別人代為轉交。本題出現三個角色，可以理解成郵差將要寄給 Steven Chou 的信件交給名叫 Eric 的警衛代收，只是單純的「給」與「轉交」，因此第一格要用 handed over，第二格要用 given。

日常生活　學校職場　情感心智　社會萬象

UNIT 035

離 開

go / leave / depart

她離開也不跟我說一聲，該用哪個字好呢？

字義不NG　Essential Meanings

go	意思是「離去、移動」，意指離開說話者當時的位置，而移動至他處的意思，後面接介系詞 to，再接目的地，例如 go to China（去中國）。
leave	意思是離開某處或某人，比 go 更正式一點，為不及物動詞，須接 for 再接目的地，例如 leave for Tokyo（前往東京）。
depart	在三者之中最為正式，常用於交通運輸上，像是火車出發等等，也是不及物動詞，須接 for 再接目的地。

造句不NG　Example Sentences

‵ go [go] 動 去、離去

We will go to the amusement park by bus.

我們會搭公車去遊樂園。

‵ leave [liv] 動 離開（某處）

We have to leave here before two o'clock.

我們兩點前必須離開這裡。

‵ depart [dɪ`part] 動 起程、出發、離開、離去

My flight departs at 12:30 p.m.

我的班機在過午 12 點 30 分起飛。

 **圖解不NG**

 **小試不NG**

The train is about to (go / leave / depart). I need to speed up a bit.

譯 火車即將出發，我需要加快一下腳步了。

說明

go 是「走、去、出發」的意思，人或交通工具的出發都可以用
go，是最口語的用法。leave 則強調離開當下的地點，而之後的去
處並不是考量的重點，人或交通工具都能當 leave 的主詞。depart
的「出發」則僅限於交通工具，無法以人當主詞。因為本題的主
詞為 train，所以三種出發都可以使用。

價 值

value / worth / price

這本書的價格只有 200 元，但值得一讀，應該怎麼說？

字義不NG Essential Meanings

value	當作動詞時，意思是「評價、珍視」。當作名詞是「價值、價格、價值觀」，指在心中的主觀價值或重要性。
worth	當作形容詞時，意思是「有價值的、值得做的」；當作名詞時，強調由買方的角度來看待物品本身的價值，因此該物體在每個人心中的價值不一定相等。
price	基本意思為「價錢、價格」，著重在買方購買某物品所願意支付的金額，也可引申為「代價」。常見用法有 at any price（不計任何代價）。

造句不NG Example Sentences

⊃ value [ˋvælju] 動 估價、珍視； 名 重要性、價值（觀）

The **value** of English depends on how it enriches your life, not how it makes you rich.
英文的價值在於它如何豐富你的人生，不在如何讓你變有錢。

⊃ worth [wɝθ] 形 有……的價值、值得做……； 名 價值

This research on the new cure of cancer is of considerable **worth**.
這項癌症新藥的研究非常有價值。

⊃ price [praɪs] 動 給……定價； 名 價格、代價

Prices of everything are going up but salaries of everyone are not.
各項物品價格都在上漲，但大家的薪水卻沒有漲。

🖊 **圖解不NG** Funny Illustration

🖊 **小試不NG** QUIZ TIME

Here is a review for the book *Harry Potter－Deathly Hallows* saying it's fun, adventurous, and exciting. In one word, it's worth reading, and its (value / worth / price) is only $300.

譯 這裡有一篇對《哈利波特與死神的聖物》的書評：有趣、冒險且刺激。總之，本書值得一讀，而且只要 300 塊。

說明

price 即物品的價值，指用來交換財貨勞務的金額，多以貨幣來交易。value 的價值帶有主觀的意念，指某人願意支付的金額，認為有價值、重要性或是對自己有用處，強調的是重要性。worth 則是認為某種物品具有特殊的價值，其價值可能是金錢的衡量或是其具有的意義，因此願意付出相對的代價以取得該物品的意思。因為 worth 當名詞時的用法很特殊，不符合本題的句型，價格 300 元，不含主觀價值的認定，只能用 price。

成 長

grow / mature / develop

會 統 學

MP3 038

昔日那個頑皮的小男孩變得成熟得體了，該用哪個字貼切呢？

字義不NG　Essential Meanings

grow	泛指由內部或內在所引發的成長，常見的用法有 grow up（長大）、grownup（成人）、grow fat（變胖）、grow a beard（蓄鬍）等。
mature	意思是「成長、變成熟」，主要用來表示生物自然成熟、發育、發揮正常作用，也可表示人因智慧、經驗而變得更加成熟。
develop	意指「使成長、發展」，著重在將某個種類或個體的潛能加以發揮，其意思比 mature 廣泛。

造句不NG　Example Sentences

⊃ grow [gro] 動 成長、生長

Heathcliff has **grown** into a handsome muscular guy.

賀斯克里夫已經成長為一位帥氣的肌肉男。

⊃ mature [mə`tjʊr] 動 變成熟、長成、釀成

His broken family **matured** him at an early age, sadly.

令人難過的是，他的破碎家庭令他早熟。

⊃ develop [dɪ`vɛləp] 動 使成長、使發達、發展、培養

A teacher must **develop** the student's ability.

老師必須發展學生的能力。

 小試不NG

Can you imagine how fast the baby (grows / matures / develops) into an adult?

譯 你可以想像小嬰兒長到成人會有多快嗎？

說明

grow 有很多意思，指人的成長、動植物的生長、勢力的擴大、蓄髮、變年輕等，都可以用 grow，通常作不及物動詞，若作「種植、蓄留（髮、鬚）」等解釋時，則為及物動詞。mature 則是「變成熟」之意，一個人的氣質變得穩重、脫離稚氣變得成熟，或指水果紅了、熟了等，身心皆已發育完整之情形，就用 mature，形容範圍較侷限。develop 則是強調從既有的原型中經由不斷地改良以獲得更好的狀態，或是藉由外部的來源以得到改善，像是 develop one's skills（發展技能）、develop from seeds（從種子發育）。因此本題正解為 grows。

打 開

open / unlock / unpack

開門、開箱、開鎖，都是用同一個字嗎？

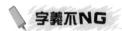
字義不NG　Essential Meanings

open	表示移動門窗等，讓封閉空間變成開放式狀態，開門、開窗、拆開禮物等都可以用 open。當形容詞時，則是指呈現開放的狀態。
unlock	lock 是「鎖上」，字前加 un 代表否定，也就是用鎖匙將鎖打開，讓門窗或蓋子之類的物體可以被打開。
unpack	pack 是「打包、包裝」，unpack 是指將包裝好的東西打開，將內裝物從裡面拿出來。

造句不NG　Example Sentences

○ open [`opən] 動 打開；形 打開的

When Harry **opened** his eyes, he saw just what he had been hoping to see.
當哈利睜開雙眼，他看到他一直期望看到的東西。

○ unlock [ʌn`lɑk] 動 開鎖

Harry used the charm to **unlock** the door.
哈利施咒將門鎖打開。

○ unpack [ʌn`pæk] 動 打開（包裹等）取出東西

Beth is singing and **unpacking** her luggage.
貝絲邊唱歌邊打開行李。

圖解不NG

 小試不NG

Please (open / unlock / unpack) the pencil case and take out a red pen.

譯 請打開鉛筆盒,拿出紅筆。

說明

open 是純粹打開某樣物品,讓物品的內部空間被展現開來的意思,
門窗、書本、箱子、盒子的打開、攤開,就可用 open。unlock 是
強調開鎖這個動作,讓被封住的空間可以被打開來的意思,像是
儲物櫃、保險箱等配有鎖頭的盒箱,就要用 unlock。unpack 則是
指將已打包、包裝好的物品,拆開外包裝,將內部的東西拿出來
的意思。從句子中知道要打開鉛筆盒,一般鉛筆盒不會上鎖、也
沒有包裝的問題,因此用 open 即可。

日常生活 學校職場 情感心智 社會萬象

UNIT 039

UNIT
040

故　事

story / tale

小時候媽媽會念床邊故事給我聽，該怎麼說才好？

字義不NG *Essential Meanings*

story	是常見用語，是一種比 novel（小說）來得短小的故事，可以是新聞事件的真實案例，也可以是編造出的小說情節，其表現形式也不限於書面或口頭方式。
tale	通常是編造出來的敘述，帶有誇張誇大的成分，情節通常引人入勝、充滿刺激與幻想，常融入一些傳說、神話、遠古地區所發生的元素到劇情中，例如亞瑟王與圓桌武士傳說（the tales of King Arthur and the Round Table）。

造句不NG *Example Sentences*

⊃ story [`storɪ] 名 故事、傳聞、敘述

My son is always fascinated with true **stories** about those great revolutionists.
我兒子對於那些偉大革命家的真實故事一直很著迷。

The nominated movie is based on a true **story**.
這部被提名的電影是由真人真事改編的。

⊃ tale [tel] 名 故事、敘述、謊話、流言蜚語

I asked my grandpa to tell me the **tale** of the fire-breathing dragon.
我要求爺爺跟我說噴火龍的故事。

 圖解不NG

 小試不NG

The bedtime (story / tale) Mom read to me last night is about a fairy (story / tale).

譯 媽媽昨晚念給我聽的床邊故事跟童話故事有關。

說明

story 作為故事時，是一種比小說來得短篇的形式，這種故事可以是真人真事的，也可以是虛構出來的，例如一個人的生平記事或是科幻類的外太空故事，千奇百怪、天馬行空，抑或正經的記述類文章，都可以用 story。而 tale 都是虛構的內容，帶有誇張誇大的描述，情節都非常引人入勝，常以傳奇、神話、遠古傳說等作為故事元素，童話故事就是一種tale。本題空格前出現特定字眼，bedtime story 和 fairy tale 都是固定用法，也是常見的用法，無法替換。

日常生活　學校職場　情感心智　社會萬象

UNIT 040

No More Confusing Words
by Illustration

Chapter 2

學校職場篇
School & Work

忙碌的

busy / occupied / engaged

忙著打電動與忙著做研究,用哪個字更能凸顯不一樣的「忙」?

 字義不NG *Essential Meanings*

busy	在三者中最常見,表示積極地、持續地從事活動。後面可以接「with + N」或是「in + Ving」。
occupied	和 engaged 都是比較婉轉及正式的說法,兩者當作「忙碌」解釋時,語意沒有太大差別,都是表示需要專注精神或精力在某種活動上。
engaged	意思上跟 occupied 相當,但 engaged 後面接「in / on + N / Ving」。engaged 也可當「訂婚」解釋,後面接介系詞 to,再加對象。

 造句不NG *Example Sentences*

⊃ busy [ˋbɪzɪ] 形 **忙碌的**

I wanted to call in sick but my supervisor's line was busy.

我要請病假,但我主管電話忙線中。

⊃ occupied [ˋɑkjəˏpaɪd] 形 **忙碌的**

The Prime Minister is occupied in dealing with the rebels.

首相正忙於和反叛軍交涉。

⊃ engaged [ɪnˋgedʒd] 形 **忙碌的**

The manager was engaged in setting up the new department and had no time to supervise his subordinates.

經理忙著建立新部門,沒有時間看管下屬。

圖解不NG Funny Illustration

小試不NG QUIZ TIME

Brenda tried to call Andrea last night, but the line was (busy / occupied / engaged) all the time.

 布蘭達昨晚試著打電話給安德莉亞,但電話一直忙線中。

說明

本題的判斷關鍵為電話線路,busy、occupied、engaged 都有忙線中的意思,所以三者皆可選。busy 一般是指因某種活動而忙碌;occupied 是指使用中,像是座位被占據、廁所或某設備在使用中等,電話線忙線、被占據也可使用本字;engaged則是指需要全部的心力或時間投注在某件事上,或是指設備、廁所或線路無法使用的狀態。這三字皆為本題正解。

日常生活　學校職場　情感心智　社會萬象

UNIT 041

形　狀

form / shape

會統學 ▶ MP3 042

告訴我愛的形狀長的是什麼模樣？

字義不NG　Essential Meanings

form	意思為「外型、型態」，泛指一個物體的 shape（形狀）和 structure（架構），帶有 3D 立體的概念，主要用來表示比較立體的結構，像是球體、椎體等。
shape	為「形狀」，泛指一個物體的平面形狀，為 2D 平面的概念，用來表示平面圖案，像是長方形、圓圈或是三角形等可以用線條勾勒出來的圖形。

造句不NG　Example Sentences

⊃ form [fɔrm] 名 形狀、外形

She is wearing a brooch in the form of a rose.

她配帶著玫瑰花造型的胸針。

We made a cake in the form of a sports car as his birthday cake.

我們為他訂製了一款跑車造型的生日蛋糕。

⊃ shape [ʃep] 名 形狀、樣子

The bottle of this perfume is the shape of a lady's body.

這瓶香水的瓶身是女性的身體曲線。

圖解不NG Funny Illustration

 小試不NG QUIZ TIME

Flora gave a box of chocolates in the (form / shape) of a heart to Steve and also wrote a card ended with signature with heart (form / shape).

譯 小花送給史蒂夫一盒愛心形狀的巧克力,還寫了一張卡片,以愛心符號做為署名。

說明

shape 和 form 最大的區別在於,shape 屬於平面的概念,而 form 為立體的概念,由此可以判斷,愛心形狀的巧克力應該屬於立體的概念,所以要用 form;而最後署名以愛心符號(♥)落款則為平面的概念,應該要用 shape。

日常生活　學校職場　情感心智　社會萬象

UNIT 042

易碎的

fragile / delicate / vulnerable

說話不要太苛薄，我的心很脆弱的，該怎麼說才對？

字義不NG *Essential Meanings*

fragile	是指該物體並非由堅固的材質所製成，容易破裂或受損，多用於物品、概念或是健康狀態，例如 fragile china（易碎的瓷器）。
delicate	是指一件輕柔、纖細、精細的物品，但易受損害的意思，需要額外的注意或照顧，可以形容儀器的精密、人物的精緻、嬌貴等。
vulnerable	是指身體、情緒或是精神上容易受到攻擊或傷害，或容易受到影響，或是某個事情的弱點，例如為人詬病的政策。

造句不NG *Example Sentences*

⊃ fragile [ˋfrædʒəl] 形 **易碎的、易損壞的、虛弱的**
　Your bones are fragile, so you must be careful.
　你的骨頭很脆弱，必須要小心一點。

⊃ delicate [ˋdɛləkət] 形 **嬌貴的、精美的、易碎的**
　The kiwi is a delicate fruit.
　奇異果是很嬌嫩的水果。

⊃ vulnerable [ˋvʌlnərəb!] 形 **易受傷的、有弱點的**
　Since her divorce, Jasmine has been very vulnerable.
　自離婚以來，茉莉一直都很脆弱。

圖解不NG

 小試不NG

Put down the carton with care. There is a (fragile / delicate / vulnerable) LCD TV inside.

譯 小心輕放這個紙箱。裡面裝著精密的液晶電視。

說明

delicate 形容因為精細、精密或嬌貴而容易損傷，需要謹慎地對待與處理，舉凡精密的儀器、複雜的手術、易碰傷的水果、易碎的瓷器、精緻的容貌等，都可用本字。fragile 則是指由於構築的成分不夠堅固，形成容易破損、毀壞、受傷的印象，像是玻璃製品、和平、條約、健康狀態等，就用 fragile。vulnerable 強調的是由於自身的弱點、不足、不堅定而讓自己處於容易受傷的狀態，例如感受性強的人、缺乏實證的論點、草率的政策等，就用 vulnerable。液晶電視 LCD TV（Liquid Crystal Display）本就是一種精密的儀器，應該要用 delicate。

日常生活　學校職場　情感心智　社會萬象

自 由

freedom / independence / liberty

法國大革命的口號「自由、平等、博愛」，是哪種「自由」呢？

字義不NG　Essential Meanings

freedom	是指一個人能按照自我意願，在不傷害他人的範疇內，可以行使任何權利的一種狀態，例如工作、學習、經營事業等。
independence	「獨立」的意思，表示不受他人或團體的控制，出於自由的意志來行事，或是不依靠別人的幫助而獨自達成目標。
liberty	透過書寫、口語、宗教、組織或是其他方式表達自我想法，而不受政府干涉的權利。liberty 在意義上比 freedom 更廣義。

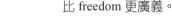

造句不NG　Example Sentences

⊃ freedom [`fridəm] 名 自由、獨立自主

Many people sacrificed lives for **freedom**.

很多人為了爭取自由而犧牲生命。

⊃ independence [ˌɪndɪ`pɛndəns] 名 獨立、自立

The Philippines declared its **independence** from Spain on 12 June 1898.

菲律賓在 1898 年 6 月 12 日宣布脫離西班牙獨立。

⊃ liberty [`lɪbɚtɪ] 名 自由、自由權

Historically, women suffered from little **liberty**.

歷史上，女性一直沒什麼自由可言。

圖解不NG Funny Illustration

 小試不NG QUIZ TIME

In the 19th century, the black people were treated as slaves and deprived of (freedom / liberty / independence).

譯 十九世紀時，黑人被當成奴隸，被剝奪了自由。

說明

freedom 是指選擇或行動上不受他人的強迫、限制，擁有自主權，抑或是從某種支配或約束的力量下得到解放而言。liberty 則是一種狀態，在這種狀態或條件下，人們可以自由地說話和行動，也可以指一種選擇的權利、允許個人去做任何事情，但這種權利以不侵犯他人的自由為主。independence 比較偏向自主、不受外力控制的意思，通常是指一個國家或地區從支配的力量下脫離而出，得到政治上的自由而言。本題明顯在指黑人受到奴役，被剝奪了「自由」，這裡的「自由」一定是不受他人控制與支配地去行動或選擇，故應選 freedom。

日常生活　學校職場　情感心智　社會萬象

UNIT 044

UNIT 045

擁　有

have / own / possess

● MP3 045

我有嬌妻、豪宅與跑車，也就是說，我擁有完美的人生，該怎麼說呢？

 字義不NG *Essential Meanings*

have	為三者中涵義最廣泛也最為常用，指「擁有、掌握或經歷某件事情」，口語上可與另外兩字互換。
own	表示以合法或依照權利，長期占有某物，並擁有其使用和處理的權利，是指所有權上的擁有。
possess	表示目前暫時的擁有權，但是並無表明取得擁有權的方式，在此指物理上的占有，另外也有「被附身」的意思。

 造句不NG *Example Sentences*

● have [hæv] 動 擁有

I **have** no money to buy food.

我沒有錢可以買食物。

● own [on] 動 擁有

Alvin **owns** three houses.

艾爾文有三棟房子。

● possess [pəˈzɛs] 動 擁有、持有、具有、占有

Nancy was once **possessed** by a ghost.

南茜曾經被鬼附身過。

 圖解不NG

小試不NG

I (own / have / possess) a luxury house, a sports car, and a pretty wife.

 我擁有豪宅、跑車與嬌妻。

說明

own 是指合法地占有某物，亦即擁有該物品的所有權，如果只是將該物品出借的話，依然是物主或所有權者的身分，只要不出售或轉讓就是 own。而 possess 則是指透過任何手段取得短期的占有、具有或擁有，被附身也可用 possess。have 的涵義比較廣泛，口語時常可替代 possess 或 own。本題的擁有比較偏向合法的取得，因此 own 和 have 都可以使用。

UNIT 045

日常生活　學校職場　情感心智　社會萬象

幫 助

help / aid / assist

助人為樂，用哪個字比較好呢？

字義不NG Essential Meanings

help	作動詞時，表示在精神、物質或其他方面提供協助的行為。help 後可以接省略 to 的不定詞，或接介系詞 with 再接名詞。
aid	表示各類形式的協助，包括人道、法律、財務及其他方面的協助，主要著重對極需幫助的弱者提供協助。常見用法有 first aid（急救）、band-aid（ok 繃）等。
assist	強調在提供協助時，以接受幫助者為主，提供幫助者為輔的協助，名詞 assistant 是「助手、協助者、助理」的意思。

造句不NG Example Sentences

◯ help [hɛlp] 動 名 幫助

Tommy **helped** Silvia in her thesis.

湯米幫助席薇亞寫論文。

◯ aid [ed] 動 名 幫助、救助、援助

The international charities helped Japan with humanitarian and financial aid after tsunami.

國際慈善機構對日本提供海嘯之後的人道與財務援助。

◯ assist [ə`sɪst] 動 幫助、協助

We **assisted** the victims in rebuilding their homes.

我們協助災民重建家園。

圖解不NG *Funny Illustration*

小試不NG *QUIZ TIME*

When seeing the boy fall into the sea, the lifeguard jumped immediately into the sea and came to his (help / aid / assist).

譯 當看到男孩掉進海裡時，救生員立刻跳進海裡去救他。

說明

本題判斷關鍵在於要用名詞還是動詞，由空格的位置來看，需填入名詞，只有 help 和 aid 可以當名詞，assist 只能當動詞。come to one's aid / assistance 是「幫助某人、救援某人」的意思。aid 強調的是積極的救助，而 assist 則著重在從旁提供協助的意思，assistant（助手）便由此字變化而來。多數情況下 help 都可以代替 aid 或 assist，而礙於慣用語的關係，因此本題正解只有 aid。

高 的
high / tall

小嬰兒高燒不退，應該用哪個字才對？

 字義不NG　Essential Meanings

high　表示某物體自平地起算的海拔或高度，較常用於形容無生命的個體，或是表示抽象意義的高，像是溫度、價格、速度等，可當形容詞或副詞，其反義詞為 low。

tall　表示一個人或物體的高度，但較常用於形容有生命的個體，著重在與其他物體比較之後的高矮程度，人的身高通常就用 tall 來形容，例如 a tall person（高個子），其反義詞為 short。

 造句不NG　Example Sentences

➲ high [haɪ] 形 高的； 副 向（或在）高處

Taipei 101 is a tall building, and it's **high** to look down from the top.
台北 101 是棟高樓，從高處往下看很高。

If the baby still has a **high** fever, maybe you should consult a doctor.
如果寶寶持續發高燒的話，或許你該考慮去給醫生看看。

➲ tall [tɔl] 形 身材高的、高大的

I can never be as **tall** as my big brother.
我永遠不可能和我哥哥一樣高。

圖解不NG

小試不NG

I am 160 centimeters (tall / high), and the mountain which is 3000 feet above sea level is relatively (tall / high).

📖 我 160 公分高，海拔 3000 公尺的高山相對高多了。

說明

tall 和 high 的差異除了在於 tall 修飾的對象多是有生命的物體，但有時候也能看到形容無生命物體的情況。tall 有一種比較之下產生的相對性，例如要說某人較高或較矮，就要用 taller 或 shorter，而非 higher。high 則是強調由地面往上提升的距離，只能修飾無生命的個體，和 low 互為反義詞。因此本題第一格應填 tall，因為主詞是人。第二格有出現 relatively 這個詞，有比較的意涵，所以也是要用 tall。

抓 住

grab / seize / catch

會統學
MP3 048

嫌犯逃走了，警方出動全部警力誓言逮住他，應該怎麼說？

字義不NG　Essential Meanings

grab	強調匆忙地抓住或握住某物，或是不擇手段地「奪取或霸占」。常用句型為「grab sb. by ＋部位」，是指「抓住某人的某部位」。
seize	指突然有力地抓住某物，可以是具體的物品，或是像機會或時機這樣的抽象概念，引申為完全清楚地抓住某種模糊的概念。
catch	指透過追蹤、計謀、武力或突然襲擊等方式抓住運動中或隱藏的人或物。catch 還可表示「理解、患病」等意思。

造句不NG　Example Sentences

⊃ **grab** [græb] 動 抓取、匆忙地做

I want to **grab** a sandwich before we hit the road.
在我們上路前，我要趕快吃一個三明治。

⊃ **seize** [siz] 動 抓住、攻占、抓住（時機等）

You have to **seize** this chance so that you can get famous.
你必須抓住這個機會，才能出名。

⊃ **catch** [kætʃ] 動 抓住、得到

If you want to **catch** more fish, use more bait.
若你想要抓到更多魚，就要用更多魚餌。

🖊 **圖解不NG** Funny Illustration

🖊 **小試不NG** QUIZ TIME

The man in white (grabbed / seized / caught) the man in blue by his collar. It seemed that they had an argument.

譯 白衣男子抓住藍衣男子的衣領。他們似乎起了爭執。

> **說明**
>
> grab 是指迅速地用手抓取目標的意思，動作匆忙而欠缺思慮禮儀，抓取的目標除了具體的人事物外，也可是抽象的「吸引」目光、「隨手」抓東西來吃、「隨手」招攬計程車、「隨手」抄起鑰匙等。seize 則是指用力量獲取目標的意思，動作中帶有暴力或突然行動的意味；用武力「占領」某地盤、「理解」某種抽象的概念、「抓住」轉瞬即逝的機會等，也是用 seize。catch 最基本的意思是說用手停止正在移動中的物品並將之牢牢抓住或捕捉動態的物品。本題是說因爭執而抓住對方衣領，帶有衝動的意思，因此 grabbed 或 seized 都可以用。

聽見

listen / hear

要說「聽！好像有人在呼救！」應該怎麼說呢？

 字義不NG *Essential Meanings*

listen	表示專心、注意聆聽，強調聽的動作。後面先接介系詞 to 再接受詞，例如 listen to music（聽音樂），表示不只是有聽到，而且是認真聆聽。為感官動詞，所以受詞後面可以接 Ving 或原形動詞，意思不變，只是強調的重點不一樣。
hear	用以表示聲音傳進耳朵裡，例如 I can hear you.（我聽得到你說話。）表示有聽見對方的說話或聲音，但並非認真傾聽，有可能是無意中聽到。也是感官動詞，跟 listen 一樣，受詞後面可以接 Ving 或原形動詞。

 造句不NG *Example Sentences*

➲ listen [ˋlɪsn̩] 動 留神傾聽、聽從

My sister is listening to BTS songs again.

我妹妹又在聽防彈少年團的歌。

Listen! I seem to hear someone knocking at our door.

聽！我似乎聽到有人正在敲我們家的門。

➲ hear [hɪr] 動 聽見、聽說

Don't yell at me. I can hear you.

別對我吼，我聽得到你說話。

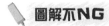

圖解不NG *Funny Illustration*

小試不NG *QUIZ TIME*

Would you please turn your voice down a little bit? I can (listen to / hear) you right from here.

譯 拜託你講話小聲一點，行嗎？我從這裡就能聽到你的聲音。

說明

listen 是指為了理解某人說話的內容或某種聲音的意思而讓自己集中精神去聆聽的一個動作，或是叫人注意自己接下來所說的內容。hear 則是聽見聲音、知道某種聲音的存在，但不一定理解。從本題的敘述可以知道，這時不論說話者還是聽話者，雙方應該都具備交談的共識，只要能「聽見」彼此說話的音量，就會自動地接收對方釋放的訊息，因此要用 hear，listen 則是強調「聽」的動作，通常接收的對象是聲音、音樂或非人的對象，故不適合本題答案。

右側標籤：日常生活　學校職場　情感心智　社會萬象　UNIT 049

指 出

imply / infer

會 統 學
▶MP3 050

從死者留下的死亡訊息，警方究竟推測出了什麼，該怎麼說？

字義不NG　*Essential Meanings*

imply	意指「暗示、意味著、暗指」，表示發話者或訊息傳遞者用間接的方式表達其感受、想法、建議，不直接了當，而是帶著保留或隱含的語氣來提示對方。
infer	是「推論、推斷、猜測」之意，表示說話者或訊息接收者根據目前所獲得的資訊、已知的事實或證據等，得出某種想法或結論。

造句不NG　*Example Sentences*

⊃ imply [ɪm`plaɪ] 動 暗指、暗示、意味著

My silence does not **imply** that I agree with your idea.

我的沉默並不意味著我同意你的想法。

His silence **implied** his anger.

他沉默不語意味著他的憤怒。

⊃ infer [ɪn`fɝ] 動 推斷、推論、猜想

I **infer** that the procurator does not have powerful evidence of this accusation.

我推斷檢查官並沒有這項控訴的有力證據。

圖解不NG *Funny Illustration*

 小試不NG *QUIZ TIME*

The telephone kept ringing, so we could (infer / imply) that no one was at home.

譯 電話響個不停,因此我們可以推測沒人在家。

說明

兩字的意思其實有明顯的差異,infer 是靠著一些既有的證據、線索,或是已知的事實來作為判斷的依據,以此做出某種結論或推測,這些推論通常不會背離事實或真相。imply 則是用委婉、間接的方式來表達意見或想法,不會直接明說,通常須讀取說話者的語氣以做出解讀,因此有聽話者主觀的判斷在其中,背離事實的機率較大。本題提到電話一直響不停,由這項線索可以「推敲」出沒人在家這個結論,所以要填 infer。

收　入

income / revenue / earnings

政府收入與個人所得，兩種收入有無區別？

 字義不NG　*Essential Meanings*

income	一般指個人工作的所得、投資收益，或是事業收入等，或是表示扣除成本後所獲得的利潤。
revenue	指的是企業或個人販售勞務或產品之後，所得到的收益，並未扣掉支出或成本；revenue 也可表示政府所收到的稅收。
earnings	意指「收入、工資、利潤」，指的是企業或個人在扣掉支出後，所剩下來的盈餘，可用於表示個人的薪資收入。

 造句不NG　*Example Sentences*

⊃ income [ˋɪnˏkʌm] 名 **收入、收益、所得**
Our low income resulted from our high sales cost.
我們的利潤低是因銷售成本過高所致。

⊃ revenue [ˋrɛvəˏnju] 名 **收入、（國家的）歲入、稅收**
Our high sales revenue is offset by our high sales cost.
我們的高銷售成本抵銷掉了我們的高銷售收入。

⊃ earnings [ˋɝnɪŋz] 名 **收入、工資、利潤**
Earnings per share of Microsoft grew by 7% last year.
微軟每股盈餘去年成長 7%。

 **圖解不NG**

My personal
account book

小試不NG

The (earnings / revenues / incomes) are the balance of (earnings / revenue / income) after deduction of costs and expenses.

譯 利潤是收入扣除成本和支出後的盈餘。

說明

earnings是指從事某項工作或服務而獲得的報酬，或是指扣除了成本與支出後的盈餘。由資產、投資產生的各項收入、收益要用revenue，政府單位為了公共建設所收的「稅收」，也是revenue。income 可以用於個人工作的「所得」、投資的「收益」、事業的「收入」等，或是一段時間內所得到的收益。本題判斷關鍵在於deduction（扣除）這個字，earnings 和 income 都有扣除成本與支出後的獲得的意涵，因此第一格要填 earnings 和 incomes，第二格要填 revenue。

工 作
job / work / career

會 統 學
▶ MP3 052 ▐▌▌

想換工作，首先要考慮自己的職業規劃，該用哪個字好呢？

字義不NG ~ Essential Meanings

job	為一般所指的「工作」，是一個人用以賺取生活所需金錢付出勞動所從事的職務，像律師、業務員都可以說是 job（工作）。
work	意指為了完成某件事，在身體或精神上的付出或活動，強調的是過程。所以在一份工作（job）上，可能要進行為數眾多的勞務（work）。
career	可數名詞，指終身的「職業」，一個人的終身職業可能會經歷高潮和低潮，也很可能會換很多種工作（job），但 career 卻只有一個。

造句不NG ~ Example Sentences

⊃ job [dʒɑb] 名 **工作、職業**

He does several part-time **jobs** for a living.
他同時做很多兼職工作維生。

⊃ work [wɚk] 名 動 **工作、勞動、作業**

I must do a lot of dirty **work** at this job.
我這份工作必須做很多骯髒事。

⊃ career [kəˋrɪr] 名 **（終身的）職業**

It is not your stupid **career** plan but your passion that will make you successful.
會讓你成功的不是你愚蠢的生涯規劃，而是你的熱情。

 圖解不NG

 小試不NG　QUIZ TIME

The secretary is a (job / work / career) that requires many talents, such as fluency in foreign languages, computer skills or social skills. As a secretary, you have lots of (jobs / work / careers) to do.

譯 祕書是一種需要多才多藝的工作，像是擅長外語、電腦技巧或社交技巧等。身為祕書，你會有很多事要做。

> 說明
>
> job就是指個人付出勞力、心力去從事某項服務或事業，以換取收入的職業，舉凡律師、服務生、老師等，都是job。work是抽象的概念，指為了達成某項目的而付出的勞動與心力。career則是指長期在某項工作領域中，追求的是這項領域中的成就，可以說 actor（演員）是job，acting（表演）是career。因此本題正解為祕書這份工作（job）需要幫老闆做很多工作（work）。

日常生活　學校職場　情感心智　社會萬象

UNIT 052

121

UNIT
053

小 的

little / small / tiny

在街上偶遇許久未見的朋友，這時如果感嘆「世界真小啊！」，
該怎麼說好呢？

 字義不NG ~Essential Meanings~

little	可當形容詞或副詞。當形容詞時，用於形容尺寸、數量或程度上的小，通常帶有一種情感或採取較高的姿態說話，例如要說「可憐的小狗」，就可用此字。little 也用來形容不可數名詞，代表數量上的稀少。
small	形容詞，通常只用於形容小的尺寸，或者重要性低的事物。其反義字是 big 或是 large。
tiny	形容詞，是「微小、極小」的意思，在程度上比 small 更少，例如 the patter of tiny feet（家中小嬰兒的聲音）。

 造句不NG ~Example Sentences~

⊃ little [`lɪt!] 形 小的、幼小的、瑣碎的；副 少地
How can I resist this cute little cat?
我怎麼能抵抗得了這麼萌的小貓？

⊃ small [smɔl] 形 小的、不重要的
I can't imagine Paris Hilton living in this small apartment.
我無法想像派瑞絲‧希爾頓住在這間小公寓裡。

⊃ tiny [`taɪnɪ] 形 極小的、微小的
Big Mark used to be very tiny and shy.
大馬克以前個頭嬌小又害羞。

圖解不NG Funny Illustration

 小試不NG QUIZ TIME

Compared with the soccer, the dog in the cup is quite (small / little / tiny).

譯 跟足球比起來，杯中的小狗相當迷你。

> **說明**
>
> small 是指在尺寸、體積、數量或外觀上比一般正常或標準來得小或少，或是重要程度低等，是中性的形容詞。little 則是指形狀小、年紀幼小、數量不多、體積不大、重要性不高等，若是拿來形容小孩或小動物，則有討喜的感覺，例如 a poor little thing（一個可憐的小東西）。tiny 不論體積、尺寸、數量或外觀等程度上，都比 small 來得小、少，也帶有主觀的感情色彩。a small dog 會讓人解讀成「小型犬」，a little dog 則是「小巧或幼犬」，a tiny dog 則是「迷你犬」，因此能裝進咖啡杯內的狗必定比小型犬來得更為嬌小，因此 tiny 為最佳答案。

日常生活　學校職場　情感心智　社會萬象

UNIT 053

偉大的

great / grand / big

會統學
MP3 054

大樹、大山、大人物，這些字都一樣嗎？

✏️ 字義不NG　Essential Meanings

great	有數量或規模巨大的意思，也常泛指事物極其重要，或指人的行為或品格上的偉大，例如 Alexander the Great（亞歷山大大帝）。
grand	意指「雄偉的、高貴的」，著重於描寫某事物盛大或氣派的樣子，例如 Grand Canyon（大峽谷）。
big	在三者中最為常用，不僅用來表示物體尺寸比平均為大，也可用來表示重要性，例如 a big decision（重大的決定）、Mr. Big（大人物）。

✏️ 造句不NG　Example Sentences

➲ **great** [gret] 形 **偉大的、優秀的、（數量、規模上）龐大的**
Many people consider George Washington a great man.
很多人認為喬治·華盛頓是位偉人。

➲ **grand** [grænd] 形 **雄偉的、堂皇的、盛大的**
I don't think that jobless guy can afford such a grand house.
我不信那個無業男子住得起這麼富麗堂皇的房子。

➲ **big** [bɪg] 形 **（在面積、體積、數量、程度上）大的**
Working at Google is such a big thing. How could you not tell me?
能在谷歌工作是一件大事，你怎麼能不告訴我？

 圖解不NG

小試不NG

The pumpkin is much (bigger / greater / grander) than the apple.
譯 南瓜比蘋果大多了。

説明

big 除了可以形容體積、重量、數量、程度、尺寸等方面之外，還可以表示事情的重要度，例如 big size（大尺寸）、big brother（大哥）等。great 除了用來形容具體的事物，大多用來描述人品、事情的重要性等，帶有情感色彩，例如 He is a great man，一般會解讀成「他是個值得敬佩、偉大的人」，而非「他是一個體型高大的人」，人的高大可以用 tall 來描述。grand 通常是指氣勢、狀態的浩大、壯觀、雄偉等。本題雖然是比體積大小，但用法上，bigger 會比 greater 常見。

日常生活　學校職場　情感心智　社會萬象

UNIT 054

125

地 點

location / site / position

可以利用手機確認自己所在之處，該用什麼字才對？

字義不NG Essential Meanings

location	表示活動或居住或某物設置的特定地點，像是要說「開餐廳的地點」，就可以用 location 表示，一般指定位置或地點都可以使用。
site	為城鎮、建築物或標的物所座落、曾經座落或即將座落的地面區域，也可指曾發生重大事件的地點，或是有規劃特定活動的一個場地。
position	指相對於其他人事物所在位置的方位或定點，是可數名詞。也可表示某人的「姿勢、姿態、地位、身分、職位、職務」。

造句不NG Example Sentences

➲ location [lo`keʃən] 名 位置、場所、所在地
Our next job is to find out the best **location** for our hotel.
我們接下來的工作就是替飯店找到最佳地點。

➲ site [saɪt] 名 地點、舊址、選址
This will be the **site** of the new skyscraper in our town.
這將是我們鎮上新摩天大樓的選址。

➲ position [pə`zɪʃən] 名 位置、姿勢、立場、職位
I can tell the time from the **position** of the sun.
我可以從太陽的位置判斷時刻。

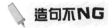

造句不NG

小試不NG

Can you show me the (location / position / site) of the newly open restaurant?

譯 你可以指給我看新開幕的餐廳位置嗎?

說明

location 的用法比較沒有限定,只要是指稱位置、定點,都可以用 location。相反地,position 則是要與其他人事物的位置呈現相對的關係,例如要說從 A 這個位置可以看到 B 時,就可以用 position。不單只作「位置、方位、地點」解釋,position 也有「姿勢、職位、地位、身分」等意思。site 通常用於觀光景點、歷史遺址、網址等場合,但也能用在某種建築(醫院、學校等)座落的場地。本題在詢問新開幕餐廳的位置,沒有出現其他相對的位置資訊,又 site 通常用在 tourist site、historic site、website 等地方,所以最符合的選項是 location。

日常生活 學校職場 情感心智 社會萬象 UNIT 055

看　見
look / watch / see

會 統 學
▶ MP3 056

看電視、看電影、看著照片，都是相同的看嗎？

 字義不NG Essential Meanings

look	帶有「凝視」的意思，指因某種原因或目的而緊盯著某目標瞧。為不及物動詞，後面須接介系詞 at 再接受詞。
watch	帶有「觀察」的意味，代表注意某人事物的變化。watch 是感官動詞，所以後面除了接受詞之外，還能接 Ving 或原形動詞作為受詞補語。
see	沒有刻意地去看，只是恰巧跑進視覺範圍內，不經意地看見而言。see 也是感官動詞，所以後面也可接 Ving 或原形動詞作為受詞補語。

 造句不NG Example Sentences

➲ look [lʊk] 動 **看、注意、留神**
Look! There's a cockroach in your soup.
看！你的湯裡面有蟑螂。

➲ watch [wɑtʃ] 動 **注視、留神觀察**
You need to watch that guy in the black coat because he looks very weird.
你要留意那個穿黑大衣的男子，他看起來怪怪的。

➲ see [si] 動 **看見、看到**
I have never seen such a big rat!
我從沒看過這麼大隻的老鼠！

圖解不NG Funny Illustration

 小試不NG QUIZ TIME

Rebecca (saw / watched / looked at) her boyfriend walking along hand in hand with a pretty girl.

譯 蕾貝卡看見她男友跟一名漂亮女子手牽手並肩走。

說明

see是指影像或畫面突然跑進視野之中，並非刻意去看到，就像睜開眼睛就會看到東西一樣地單純，乃非刻意地「看見」。watch則是自己主動去看，刻意地注意或觀察動態的事物，有積極地行使「觀看、注視、留意」的意思，因此看球賽、看電視或看電影，都用watch。look是對偏靜態的對象仔細瞧的意思，通常含有某種意圖或理由。本題是「看到」男友跟一名女子手牽手走路，有畫面突然跑進視野中的意象，因此 saw 符合題旨。如果解讀成刻意觀察男友跟女子的互動想查出究竟的話，watched 也可以使用。

許多的

many / much / a lot of

很多錢、很有時間、很多口味的口香糖，都是一樣的字嗎？

字義不NG　Essential Meanings

many	常見用語，非常口語化，修飾複數可數名詞，強調數目眾多。
much	常見用語，當形容詞用時，表示數量和程度，修飾不可數名詞； much 也可當副詞，主要表示程度，意指「非常、很」，多修飾動詞（可放於其前或其後），也常修飾形容詞或副詞的比較級或最高級和分詞。一般用於疑問句或否定句。
a lot of	為口語化的形容詞片語。a lot of = lots of，可接複數可數名詞或不可數名詞，多用於肯定句。

造句不NG　Example Sentences

⊃ **many** [`mɛnɪ] 〔形〕 **許多的**
　How **many** cell phones do you exactly have?
　你到底有幾支手機？

⊃ **much** [mʌtʃ] 〔形〕 **許多、大量的**； 〔副〕 **非常、很**
　The trade pack didn't cause **much** discussion.
　這項貿易協定並未引起很多討論。

⊃ **a lot of** 〔片〕 **許多**
　There are **a lot of** restaurants on this street.
　這條街上有很多家餐廳。

 **圖解不NG** *Funny Illustration*

 小試不NG *QUIZ TIME*

I don't have (many / much / a lot of) time to do the chores. That's why my room is so messy.

譯 我沒太多時間做家事。這就是為什麼我房間總是一團亂。

說明

much 和 many 意思相同，都是指數量上的許多、眾多，唯一不同的地方在於兩者修飾的對象，much 修飾不可數名詞，many 修飾複數可數名詞，兩者前面都可以用 so、as、too 來修飾程度，而且主要用在較正式的場合或書寫上。a lot of 修飾的對象不像 many 或 much 那樣侷限，可數或不可數都可以，比較不正式，因此多用於口語上。要注意的是，a lot of 的 of 是介系詞，因此後面必定要有受詞，但簡答時可以回答 a lot。本題的判斷關鍵字是 time，為不可數名詞，因此可用 much 或 a lot of 來修飾。

日常生活　學校職場　情感心智　社會萬象

UNIT 057

或 許

maybe / perhaps / probably

「或許你是對的」該怎麼說呢？

maybe	副詞，比 perhaps 更加口語，通常放在句首，也能放於句尾。表示有可能但不是很確定，或是禮貌性的提議。
perhaps	副詞，意思上比 maybe 更強烈，不過兩者可能性都不到一半。可置於一般動詞之前、be 動詞之後或是句首。
probably	原意是「大概、可能」，是根據一些證據或邏輯推導出可能性，但尚未經過證明或證實，含有較大的肯定成分。

⊃ **maybe** [ˋmebɪ] 副 **大概、或許、可能**

He talked to you like that **maybe** because he was too shy.

他那樣對你說話，也許是因為他太害羞了。

⊃ **perhaps** [pɚˋhæps] 副 **大概、或許、可能**

He is **perhaps** the best singer I have ever seen.

他也許是我見過最棒的歌手了。

⊃ **probably** [ˋprɑbəblɪ] 副 **大概、可能**

She might **probably** be in Taipei then.

她當時也許人在台北。

✎ 圖解不NG　*Funny Illustration*

✎ 小試不NG　*QUIZ TIME*

What is that over there? A bird?

(Maybe / Perhaps / Probably) it's Superman!

譯 那邊上面是什麼？鳥嗎？　或許是超人！

說明

maybe 和 perhaps 的意思和用法都很相近，經常可以互通，主要是表示有可能會發生，但無法百分百肯定，發生的機率不大。probably 肯定的意思較強烈，表示可能性極大、將近百分百的肯定的意思。由兩人的猜測極為不同可知，對猜測並無把握，因此只能用相對不確定的 maybe 和 perhaps。

發 生

occur / happen / take place

奧運每四年舉辦一次，該用哪個字才對？

字義不NG　Essential Meanings

occur	表示一個事件或流程正在「形成」，為不及物動詞，主詞須為事或物，比 happen 更加正式，一般用於表示事情出乎預料。若是用「It occurs to sb. that ＋子句」句型，則是指「某人想起某件事」。
happen	形容偶然或突發性事件。若是用「sth. happen to sb.」，意思是「某人發生某事」；若是「happen ＋ to-V」，則是「某人碰巧、剛好遇到某人事物」，以人做主詞。
take place	意指「發生、舉行」，通常表示某件事、活動的發生，是經過事先安排或由於某些原因，以事件做主詞。

造句不NG　Example Sentences

○ **occur** [əˋkɝ] 動 **發生**

Radiation leaks may **occur** everywhere.

到處都有可能發生輻射外洩。

○ **happen** [ˋhæpən] 動 **（偶然）發生**

A romance like this has never **happened** to me.

像這樣的戀情不曾發生在我身上。

○ **take place** 片 **發生、舉行**

When will the race **take place**?

比賽何時舉行？

 圖解不NG

20XX Annual International Book Exhibition 5 Feb. ～ 10 Feb. At Taipei Trade Center

 小試不NG

The book fair (occurs / happens / takes place) once a year.

譯 書展每年舉辦一次。

說明

happen 通常是指偶發性地、偶然地、碰巧地、沒有事先計畫過就出現、遇到或產生的狀況,主詞主要是非人,像是地震、意外、或是出乎預料的事件等;若是主詞為人,則表示某人碰巧去做某事之意。occur用法和意思上接近 happen,但沒有突然或碰巧的意思,基本上主詞都是非人,像是事故、典禮等,都可以用 occur。take place 則是有經過安排的發生,例如典禮、儀式、會議、賽事等等,主詞須以非人為主。本題的主詞是 book fair,且由 once a year 可知,這是每年一度的活動,也就是有安排或計畫過的行程,所以不能 happen,只能用 occurs 或 takes place。

日常生活　學校職場　情感心智　社會萬象

UNIT 059

經　常

often / frequently / repeatedly

我常看到那名男子在公園裡遛狗，該用哪個字好呢？

字義不NG Essential Meanings

often	頻率副詞，表示短期之內發生數次，或經常性地發生。often 和 frequently 都表示事件有週期性地重複發生，但 often 發生次數更多。
frequently	比 repeatedly 精準，表示事件在某週期內發生數次，但次數不及 often，強調發生次數的頻繁。
repeatedly	強調重複性地做某件事，但是間隔時間並不一致，有可能數分鐘一次、數日一次，甚至數個月一次。

造句不NG Example Sentences

⊃ **often** [ˋɔfən] 副 常常、時常
Why do you fight with him so **often**?
你為什麼這麼常跟他吵架？

⊃ **frequently** [ˋfrikwəntlɪ] 副 頻繁地、屢次地
Here happen car accidents **frequently**.
這裡車禍頻傳。

⊃ **repeatedly** [rɪˋpitɪdlɪ] 副 一再、再三、多次
Mom told you **repeatedly** not to skip class. Why do you never listen?
媽媽再三告誡你不要翹課，你為何總是不聽？

圖解不NG　Funny Illustration

小試不NG　QUIZ TIME

The little red riding hood (often / frequently / repeatedly) paid a visit to her grandmother in March.

譯 小紅帽三月時很常去看望她奶奶。

說明

often 是三者中最常見的用法，主要在強調發生的「經常性」，發生的頻率頗高，經常性地發生的意思。frequently 與 often 意思相近，但語氣偏重於發生「次數的頻繁」，在一段時間內規律或頻繁地發生著，相隔並不久。而repeatedly意思是一而再地、反覆發生地，跟 frequently 不同的是，沒有明確限定在某一段時間以內，也無法確認發生的間隔是長是短。本題指出在三月經常去探訪奶奶，已經限定某段時期經常性地發生，所以 often 和 frequently 都可選。

日常生活　學校職場　情感心智　社會萬象　UNIT 090

單 一

one / single

會統學

▶ MP3 061

「每個人都是單一個體」，應該怎麼說呢？

字義不NG

one	可以當名詞、形容詞或代名詞使用。當名詞時，意思是數字「一」或是「一個人或事物」，前面可以加上所有格、定冠詞或形容詞，加以修飾，例如 the shorter one；當形容詞使用時，意思是「一個的、某一個的」，例如 one swan（一隻天鵝）；當代名詞時，指稱「一個人、任何人」，像是 One should believe in themselves.（人應該要對自己有信心。）
single	常做為形容詞使用，意思是「單一的」，表示不跟隨或參與其他事務，並非隸屬於團體中的某個部分，也可用來表示「未婚的、單身的」。

造句不NG

⊃ one [wʌn] 名 一、一個人；形 一個的；代 某一個
One cannot love and be wise.
愛情使人盲目。

⊃ single [`sɪŋ!] 形 單一的、單身的
No single person can liberate a country.
沒有人能獨自解放一個國家。
It costs $ 30 dollars for a single glass of wine.
單杯葡萄酒要價 30 美元。

圖解不NG

a single rose   a bouquet of roses

 小試不NG

The champion knocked out the challenger with (one / a single) punch.

譯 冠軍只用一拳就擊倒挑戰者。

> **說明**
>
> one 是指數字 1，或是一個人或事物的意思，最常被理解為群體中
> 的「一、一個」，不特別指定的單數狀態；此外，延伸意思也有
> 「唯一的、單獨一個的」。single則更強調「只有一個、沒有另一
> 個的、個別的」的存在，若在字前加上any、each、every等字時，
> 則是加重強調「僅只一個的、唯獨一次的」意涵。兩字的不同之
> 處在於，single 為純粹的形容詞，不能省略不定冠詞 a。本題是說
> 衛冕者用一拳就將挑戰者 KO，如果要強調「僅用一拳」，就用
> single，用 one 則無刻意強調，這裡兩者皆可。

日常生活　學校職場　情感心智　社會萬象

UNIT 061

一頁紙

page / sheet / leaf

一張紙、一頁紙都用同一個單字嗎？

page	意指「頁面」，表示書籍、雜誌、報紙等印刷品的紙上的一面，例如 turn to page 3（翻到第三頁）。
sheet	意思是一張紙、一片金屬、一塊玻璃等的單位量詞。a sheet of paper（一張紙）包含了正反兩個 pages（頁面）。
leaf	書籍等物品的其中一張或一頁，但和 sheet 不同的是，leaf 專指書本、筆記本或折頁等物品之中的一張紙，但 sheet 可以單指一張紙，不一定從書本或筆記本等物中而來。

⊃ page [pedʒ] 名（書籍、雜誌等）頁

Please finish Exercise 11 on **page** 11 within five minutes.

請在五分鐘之內做完第 11 頁的第 11 題。

⊃ sheet [ʃit] 名（紙等的）一張、薄板、薄片

I lost the **sheet** of paper with your name and address on it.

我弄丟了寫有你姓名和地址的那張紙。

⊃ leaf [lif] 名（書籍等的）一張、一頁

He tore down a **leaf** from his notepad and wrote down his name and e-mail address.

他從筆記本中撕下一張紙，寫下他的姓名電子郵件信箱。

圖解不NG Funny Illustration

小試不NG QUIZ TIME

There are 400 (pages / sheets / leaves) in this textbook. Please turn to (page / sheet / leaf) 308.

譯 這本教科書有 400 頁。請翻到第 308 頁。

（說明）

一張紙有正反兩面，也就是兩頁（pages），page 位於書報雜誌內，上面通常有印刷的文字或頁碼。sheet 則是指一張紙，不一定是放在書報雜誌中的內頁，也可以單獨使用，像是一張包裝紙（one sheet of wrapping paper）、兩張表單（two sheets of application form）等。leaf 原意是「葉子、葉片」，延伸為「（紙張的）張、頁、片」，也就是一張紙，含正反兩面，但 leaf 需用於書報雜誌等內頁中，不能單獨使用。題目提到參考書有四百頁，這裡的「頁」通常是指紙的一面而言，故應用 pages。翻到第 308 頁，也是指紙的一面，也用 page。

一　對

pair / couple / duo

看哪！那對小姊妹花長得真像洋娃娃，應該怎麼說呢？

pair	用來描述相同、相通或相關的兩部分構成的單件物品，例如眼鏡；也可指分開卻必須一起使用的物品，像是襪子。動詞通常用單數型式。
couple	就社交角度而言，兩個人視為一體，就稱為 couple，例如 a married couple（夫妻）。將兩者視為個體時，動詞用複數，若將兩者視為一體時，則用單數動詞，但人稱代名詞常用 they 來指稱。
duo	有「二重唱、二重奏、兩人搭檔、一對藝人」的意思，通常用來指稱在從事音樂或娛樂活動的兩人一組。

⊃ **pair** [pɛr] 名 一雙、一對（夫妻、情侶、舞伴等）
Mom, I need a new **pair** of sneakers.
媽媽，我需要一雙新運動鞋。

⊃ **couple** [ˋkʌp!] 名 （一）對、夫婦、未婚夫妻、一對舞伴
The young **couple** filed for divorce after the husband was caught cheating on his wife. 在丈夫被抓到出軌之後，那對年輕夫婦訴請離婚。

⊃ **duo** [ˋduo] 名 二重奏、二重唱、兩人搭檔
The **duo** presented a wonderful performance last night.
那對搭檔昨晚的表演棒透了。

 圖解不NG

 小試不NG

I have a new (pair / couple / duo) of ballet shoes and I think my partner and I will be a perfect (pair / couple / duo) on the stage.

🈯 我有一雙新芭蕾舞鞋，我想我跟搭檔會是舞台上完美的雙人組合。

說明

pair是指諸如褲子、襪子、眼鏡、鞋子等這種成雙成對、需要一起使用的物品。couple 通常是指有親密關係、或處於婚姻狀態的兩人而言，例如夫妻或情侶就用couple。duo則是指需要兩人共同合作的表演狀態，可以是雙人組合。本題第一格是指「一雙」芭蕾舞鞋，明顯可知要用pair。第二格是指「一對」完美的二人搭檔，僅是表演上的合作夥伴，並非情侶或夫妻這等親密的關係，用duo即可。

UNIT 064

一部分

part / portion / piece

這個蛋糕真美味，被我吃掉好大一塊，該怎麼說？

字義不NG　Essential Meanings

part	在三者之中最為常見，常指整體中的一部分，可大可小，也可指整體中可分開的獨立部分。
portion	表示整體中不可單獨存在的某一部分，著重於各人分得的份量，強調一份的量，多用於表示抽象的事物。
piece	指物體或物質中，透過切割或分割從整體中取得的某一部分，可以是不完整的碎片，也可以是獨立完整的東西，對象可以是抽象或具體的事物。

造句不NG　Example Sentences

⊃ part [part] 名 一部分、部分

Most **parts** of this book are pointless.

這本書絕大部分都沒有重點。

⊃ portion [ˋporʃən] 名 （一）部分

That billionaire left only a small **portion** of his legacy to his children.

那位億萬富翁只給子女留下一小部分遺產。

⊃ piece [pis] 名 一個、一張、一片、一塊、片斷、破片

This is a great **piece** of artwork.

這是一幅非常棒的藝術品。

圖解不NG *Funny Illustration*

小試不NG *QUIZ TIME*

Mom brought a big cake home last night. We cut it into six (parts / portions / pieces) and shared them with each other.

譯 昨晚媽媽帶了一個大蛋糕回家。我們把它切成六塊再分著吃。

說明

part 與 piece 雖然都是指整體裡的一個部位或部分，但還是有點不同。part 是整體中的某一部分、機器裡的一個零件、或身體的一個部位，不一定要集結起來讓整體完整。piece 則比較傾向於「塊、片、段、碎片」，是一段未完成的片斷，這些片斷集結起來就能整合成一個完整的個體，例如一片披薩、一塊拼圖等，就用 piece。portion 的意思則比較不容易混淆，是指份量上的一部分，尤指食物的份量而言，快餐店提供的一人份餐點就可以用 portion 來描述。本題是指將一個大蛋糕切成六小塊，可以知道應該用 piece 比 part 更好些。

日常生活　學校職場　情感心智　社會萬象

UNIT 064

145

高 峰

peak / summit / top

會統學

▶ MP3 065

攀上山頂與達到人生高峰，兩個頂峰有何差別呢？

 字義不NG Essential Meanings

peak	意思是「山頂、尖端」，可用來比喻數量或數字達到最高點。
summit	意思是「頂點、最高階層」，書面用語，意指山的頂峰，也能表示努力所能達到的至高點。
top	在三者中最為常用，意思是「頂部、上面」，通常表示人或事物的最高點或最高的表面，例如 the top of the stairs（樓梯頂）、clifftop（崖頂）等，也能表示組織的最高領導位置。

 造句不NG Example Sentences

⊃ peak [pik] 名 山頂、最高點

The **peak** of our sales always falls in December.

我們銷售的巔峰總是落在十二月。

⊃ summit [ˋsʌmɪt] 名 （山的）尖峰、絕頂、高峰會

The mountain **summit** crowned with snow all year round is so beautiful.

終年覆蓋白雪的山巔真是美麗。

⊃ top [tɑp] 名 頂部、山頂、首席、最高程度

Gayren worked hard and finally reached the **top** in his company.

蓋倫努力工作，最後晉升到公司的最高層。

圖解不NG ~~Funny Illustration~~

■20萬

100
80
60
40
20

1 2 3 4 5 6 7 8 9 10 11 12

 小試不NG ~~QUIZ TIME~~

In 1784, Michel Paccard and Jacques Balmat reached the (peak / summit / top) of Mont Blanc.

譯 1784 年，米契‧帕卡爾與傑克‧巴爾瑪登上白朗峰頂端。

說明

peak 是指尖端、頂端、最高點的意思，山頂、山峰或有尖峰的山也可以用 peak。summit 意思上跟 peak 差不多，除了指山峰的最高點之外，也可形容位於某事情的最高點、頂點、巔峰之意，另外，各國領袖聚集一起所召開的會議，因為與會層級之高，所以也可用 summit，又稱高峰會。top 用法比較廣泛，凡是任何事物的頂部或是最高點都可用 top，例如頭或頭頂、上身穿的上衣、瓶蓋或筆帽等，都能用 top。本題是指攀登到白朗峰的頂端，是指山的頂峰，三者都可以使用。

主要的

primary / main / major

造成交通打結的罪魁禍首，究竟該怎麼說？

字義不NG Essential Meanings

primary	有「主要的、首要的、最初的」的意思，意即表示重要性占主要地位外，也可表示在發展過程中，在第一位置的事物，但不能用來形容人。
main	通常只能形容物。指在一定範圍內，某物的重要性、體積或力量等在整體中是最主要或最明顯的。
major	是「較大的、主要的」，指與其他事物相比，在大小、數量、範圍、程度、重要性等方面占有優勢得多。

造句不NG Example Sentences

⊃ primary [`praɪˌmɛrɪ] 形 主要的、最初的、居首位的
My **primary** goal in life is not to get married.
我人生主要的目標就是不結婚。

⊃ main [men] 形 主要的、最重要的
I forgot to write down the **main** points of this speech.
我忘記寫下這場演講的重點。

⊃ major [`medʒɚ] 形 較大的、較多的、主要的、重要的
The high employee turnover rate is the **major** problem that the company has to deal with first.
員工的高流動率是這家公司要先處理的主要問題。

The (primary / main / major) crops of the country are corn.

譯 該國的主要作物是玉米。

說明

primary 是指比其他同性質的事物來得重要，是最根本、最必要，或是需最優先考量的程度，修飾「物」，例如 primary school 字面看來就是基礎、根本性的學校，也就是我們所謂的小學。main 意思類似 primary，與其他同性質的事物相比，來得有重要性或影響力，只能修飾「物」，例如 main factor、main character、main street 等。major 是指數量或程度上的較多數、較大部分或較大範圍，也可指較為主流的、較重要的、較有影響力的，major 可以修飾人或物。本題是指這個國家的「主要」作物是玉米，由圖可看出玉米的量占大多數，三者其實都可以選，只是 main 最常見。

禁 止

prohibit / forbid / ban

會 統 學
▶ MP3 067

禁止超車、禁止踐踏草皮、禁止拍照,分別要怎麼說好呢?

字義不NG Essential Meanings

prohibit	意思是「以法令、規定加以禁止」,表示透過法律或明文規定,禁止做某事。
forbid	意思是「禁止」,指口頭上禁止他人做某事,通常是以上對下的方式提出禁止,如老師對學生、父母對子女,forbid sb. to-V,表示「禁止某人去做某事」。
ban	意指「禁止、禁令」,指由官方或權威人士發布禁止嚴重危害公共利益的言論或行為的公告,含有強烈譴責的意味。當名詞時,專指在法律術語中有關禁令的聲明、公告和褫奪公民權的判決。

造句不NG Example Sentences

⊃ **prohibit** [prə`hɪbɪt] 動(以法令、規定等)禁止
Smuggling is **prohibited** by laws.
法律禁止走私。

⊃ **forbid** [fə`bɪd] 動 禁止、不許
My father **forbids** me to go out after 11:00 pm.
我父親禁止我晚上 11 點後出門。

⊃ **ban** [bæn] 動 禁止、禁令; 名 褫奪公權的判決
That athlete is **banned** from Olympic Games after failing a drug test.
那位運動員沒有通過藥檢,被禁止參加奧運。

 **圖解不NG** Funny Illustration

日常生活　學校職場　情感心智　社會萬象　UNIT 067

 小試不NG QUIZ TIME

It's (prohibited / forbidden / banned) to eat or drink on the MRT.

譯 捷運上禁止飲食。

說明

prohibit 具有正式的效力，像是經由政府或法律予以強制拘束力，進而命令或禁止某人或某事，或是指因某種因素或狀態導致某件事無法發生，例如噪音讓人無法成眠，也能用 prohibit。forbid 的禁止主要來自上對下的立場，由權威人士對下發出命令，並期待對方能夠遵守，例如父母禁止小孩上網。ban 語氣上最為強烈，尤指透過法律來禁止或取締，禁止的對象為「物」，像是禁止書的發行或某項表演等。捷運車廂上禁止飲食，捷運單位與民眾兩者並非不對等的關係，也不用 ban 這麼強烈的禁令字眼，故 prohibited 最恰當。

放 置

put / place / lay

請小心輕放易碎物品,應該怎麼說?

字義不NG　Essential Meanings

put	強調放置的動作,表示將物體「移入或移出」某處,為三者中最常見的用字。
place	表示改變某物品原先位置,並將其放置在新的位置或情境,強調移動之後的新位置。
lay	是指將某物品平放、橫放或攤開來放,著重安置這個動作,可作「放、擱、擺、放倒」解釋,引申為「安排、布置、擬定、提出」。

造句不NG　Example Sentences

➲ put [pʊt] 動 放、擺、裝
I forgot where I had put my toy.
我忘記我把玩具放哪裡了。

➲ place [ples] 名 地方、地點; 動 放置、將……安置於
The proposal will be placed on your desk by 5:00 pm.
下午五點前會把提案放在您的桌上。

➲ lay [le] 動 放、擱、下蛋、產卵
You may lay the map on the table.
你可以把地圖放在桌子上。

圖解不NG

小試不NG QUIZ TIME

After finishing dinner, he (put / placed / laid) the dirty dishes in the sink and washed them.

譯 用完晚餐後,他把髒碗盤放進洗碗槽內清洗。

說明

put 是最常見的用法,泛指將某物體放置在某一特定的位置、方向、方位上,有「放置、移動、擺放」等意思,常跟介系詞 in、into 配合使用,是指將東西放某空間內,強調放置的動作。place 也是指將物體或某人移動到某一特定的方位、位置、狀態、處境之中,但強調的是移動後的新地點。lay 與前兩者相比有更明顯的不同,lay 是指小心地橫放、擱置某物體,可能帶有某種意圖與目的。本題是說將髒盤子放進洗碗槽內並進行沖洗,這裡後面的動作非常重要,因為 and 連結兩個動作,因此本題應該使用強調動作的 put 與橫放的 lay。

測　驗

quiz / test / examination

隨堂小考、期中考、英文檢定，都是考試，應該要怎麼分辨？

字義不NG　*Essential Meanings*

quiz	可當動詞或名詞，指的是課堂上舉行的非正式、臨時而簡單的基本測驗，用以理解學習程度的多寡，例如 pop quiz（突擊考試）。
test	可作動詞或名詞，沒有 examination 來得正式，表示透過一連串的問題測驗在某領域的理解程度或檢驗學習成果。
examination	用於正式的大型測驗，舉凡期末考、學測、公職考試等大考，也可簡寫成 exam。

造句不NG　*Example Sentences*

⊃ quiz [kwɪz] 名 測驗；動 對⋯⋯進行測驗
We have an English quiz every week.
我們每週都有英文小考。

⊃ test [tɛst] 名 動 試驗、測驗、測試
The TOEIC is a test on your English skills for international communication.
多益是一門測試你跨國英文溝通技巧的考試。

⊃ examination [ɪɡˌzæməˋneʃən] 名 檢查、調查、審問、考試
Johnson is cramming for his final examination.
強森正在為期末考臨時抱佛腳。

日常生活　學校職場　情感心智　社會萬象

UNIT 069

圖解不NG

小試不NG

Those who failed the (quiz / test / examination) have to take a makeup (quiz / test / examination) next Tuesday.

 那些考試不及格的同學下週二要進行補考。

說明

quiz 是指小考或隨堂抽考，受試者大多沒有準備，而測驗成績通常也不列入正式紀錄中。test 泛指大小考試或測驗，包含考駕照、酒測、化驗、檢驗等，都可以用 test。examination 通常是為了取得某正式資格或是達到一定分數的大型考試，例如入學考或期中考等。但 TOEIC、TOEFL、GEPT 這類型的測驗都會使用 test，因為這些測驗純粹提供受測者一個自我測驗實力的場合，不要求通過某種成績標準。考試不及格的同學要進行補考，表示需要達到一定的成績標準才算及格，也需要事前準備，test 和 examination 都可以填。

展示

show / display / exhibit

朋友一直向你秀跟女友的甜蜜閃光照片，該如何表達呢？

字義不NG *Essential Meanings*

show	主要的意思為「顯示、展示」，表示有意或無意地讓他人看到自己想呈現的人事物，也有「陳列、演出」的意思。
display	可當名詞或動詞，是指刻意地表現出自己的優勢，除了展示的意思外，還有誇耀的意味。在櫥窗中展示服飾之類的，就能用 display。
exhibit	是「展覽、展示」，指將某物在別人面前顯示以體現其價值，有公開或正式地展示有價值的物品，以便引人注目或讓人檢查的意涵。

造句不NG *Example Sentences*

➲ show [ʃo] 動 顯示、證明、上演； 名 展覽、演出節目
The study **shows** an increase in poverty in big cities.
這項研究顯示出大城市的貧窮呈上升趨勢。

➲ display [dɪˋsple] 動 陳列、顯示； 名 陳列品、展覽品
The baker **displayed** a wide variety of beautiful cupcakes in the window.
烘焙師將各式各樣漂亮的杯子蛋糕陳列在櫥窗中。

➲ exhibit [ɪgˋzɪbɪt] 動 名 展示、陳列、表示、顯出
Van Gogh's works are now **exhibited** in the museum.
梵谷的作品現在正在博物館中展示。

 Funny Illustration

日常生活　學校職場　情感心智　社會萬象　UNIT 070

小試不NG　QUIZ TIME

Many luxurious diamond necklaces and bracelets are (showed / displayed / exhibited) in the store window.

譯 店內櫥窗展示著許多奢華的鑽石項鍊與手鐲。

說明

show 泛指把某種欲呈現的物品、技巧、狀態或能力給展現出來好讓其他人看到，例如出示駕照、陳列展示品、展現超能力、舞蹈表演、指引出路等。display 與 exhibit 相比，差異更小，只能說 display 展示陳列的東西比較具有普遍性、一般性等特質，通常展現的地點也多是店內櫥窗上；而exhibit通常用於展覽罕見的物品，像是博物館內的雕刻、畫作等，就會用 exhibit，不過大多時候，三者都能互通。本題是說店內櫥窗上展示著奢華的鑽石項鍊與手環，最佳的選擇是 displayed，但 showed 與 exhibited 也可使用。

急 忙

haste / hurry / rush

匆匆趕到與迅速趕到，都是狂奔而去之意，有什麼區別呢？

字義不NG　Essential Meanings

haste	可作為名詞或動詞，表示事情緊急或突然發生，而因此帶有匆匆完事的意思。
hurry	當動詞時，意思是「匆忙、催促」，強調速度比平常更快，通常帶有混亂的意味。當名詞時，意思則是「倉促」。
rush	可作為名詞或動詞，有「衝、奔、闖、急於」之意，表示匆忙而草率的行動，比 hurry 更加緊急。

造句不NG　Example Sentences

⊃ **haste** [hest] 動 名 趕緊、匆忙

In his **haste** to leave work, he forgot to bring his cell phone.

他趕著下班，忘記帶走手機。

⊃ **hurry** [ˋhɝɪ] 動 名 急忙、倉促、忙亂

There is no need to **hurry** any more. The plane has taken off.

沒必要再趕了，飛機已經起飛了。

⊃ **rush** [rʌʃ] 名 趕緊、倉促行動；動 冒失地做

Everyone **rushed** out of the burning building.

每個人都急著衝出燃燒著的大樓。

圖解不NG *Funny Illustration*

 小試不NG *QUIZ TIME*

Santa Claus (hasted / hurried / rushed) to the station because the train was going to leave.

譯 聖誕老人衝進車站,因為火車快要開走了。

說明

這三個字都是因為快沒有時間而趕著去做某事的意思,或是用比平常還要快的速度到達某地方或完成某件事而言,不同的地方在於:haste 可以當名詞使用,例如 in great haste、in his haste 等。hurry 也可當名詞用,例如 in a great hurry。hurry 除了表示「匆忙、倉促」外,也可以「催促」某人動作加快。rush 則比較偏向「衝刺、趕到」的意思,因為時間不多,所以事前的準備、注意、思慮等都比較缺乏,因而也有「莽撞、冒失」的意思。本題是說聖誕老人趕著搭火車,沒有其他特殊限定,因此三個字都能用。

停 止

stop / cease / quit

會 統 學
▶MP3 072

停止爭吵,究竟要用哪個字才對?

字義不NG　Essential Meanings

stop	最常見的用字,表示突然中止或停止。接不定詞,是表示停下手邊目前正在進行的活動,改去進行另一件事。接動名詞,則表示停下目前正在做的事情。
cease	書面用語,意指「(使)停止」,指原有的事物不復存在,或是狀態、活動的逐漸停止。
quit	偏美式用語,原指「離開」,強調徹底脫離或擺脫控制或造成負擔的事物。亦可作「停止」解,指停止某動作、習慣或狀態,例如戒煙、戒酒、離職不幹等,就可以用 quit。

造句不NG　Example Sentences

⊃ **stop** [stap] 動 名 **停止、中止**

I bumped into an old pal on the street and **stopped** to shoot the breeze with him.

我在街上偶遇老友,便停下腳步與他小聊。

⊃ **cease** [sis] 動 **停止、終止**

Those who **cease** to dream cease to live.

不再作夢的人也不算活著了。

⊃ **quit** [kwɪt] 動 **離開、放棄、停止、辭職**

If only I knew how to **quit** you.

要是我知道該怎麼戒了你就好了。

圖解不NG

 小試不NG

Since seeing the doctor last time, I've (quit / stopped / ceased) smoking.

譯 自從上次去看醫生後，我就戒煙了。

說明

stop 是指動作、運行或進展上的停止，通常帶有短期的、暫時的停止之意，也有讓人覺得突然地、斷然地停下的感覺。cease 則是傾向狀態或存在上的停止，有不復存在的意涵，終止狀態是完全或永久的，呈現逐漸停止的狀態而言，語氣與用法上較 stop 正式，常見於書面上，常見用法有 cease fire（停火）。quit 也是指動作或活動上的停止，也有「放棄」的意涵，像是輟學、離職、戒煙等，都可以用 quit。本題是說看完醫生後就已經「停止」抽煙，停止做某動作可以用 quit 或 stopped。cease 是比較正式、書面的用法，在這裡先不考慮。

提 供

supply / provide / offer

現在很多商店都不再主動提供塑膠袋，應該怎麼說？

 字義不NG *Essential Meanings*

supply	表示提供對方不足或缺乏的東西，屬於定期的多次供應，主詞可以是國家、民眾、工廠、市場等。
provide	免費提供必需品或有用之物品的意思，provide sb. with sth. 是指「提供某人某物」的意思。
offer	表示主動奉獻某物或向他人提出建議、意見、職務等，但是否接受由對方自行決定。

 造句不NG *Example Sentences*

⊃ supply [sə`plaɪ] **動 名 供給、供應、提供**

Our company supplies clients with high-quality components.

敝公司提供客戶高品質的零件。

⊃ provide [prə`vaɪd] **動 提供**

Subway stations in New York provide free maps.

紐約地鐵車站免費提供地圖。

⊃ offer [`ɔfɚ] **動 名 給予、願意、提議**

It's incomprehensible to us why he turned down the job offer.

我們不理解他為何婉拒了這項工作機會。

圖解不NG

小試不NG

If you feel cold on the plane, you can ask the flight attendant for a blanket. The airlines (provide / offer / supply) their passengers with blankets if they require.

譯 如果你在飛機上覺得冷，可以向空服員要毯子。航空公司會提供毛毯給需要的乘客。

說明

supply 通常是指長期且規律地提供必需的物品或物資，例如食品或補給品，搭配介系詞 with。provide 是指為因應緊急情況或意外等事先做好充分準備以提供他人必要之物，搭配介系詞 with。offer 還能提供抽象的如建議、幫助、機會等，搭配介系詞 to。本題是說如果乘客有需要的話，飛機上會提供毛毯，可知並非定期的提供，而是事先準備好以因應乘客的不時之需，且後面出現 with，可知本題答案為 provide。

超　過

surpass / exceed

超越顛峰與超乎預期，兩種說法有區別嗎？

字義不NG　Essential Meanings

surpass	是「勝過、突破、超越」的意思，為及物動詞，表示在優點、長處、技術上超越他人或某種標準，常見句型為「surpass sb. in sth.」，例如 John surpasses me in English.（約翰在英文方面超越我。）
exceed	是「勝過、超過、超出」之意，可作為及物或不及物動詞，表示在權利、權力、時間、空間、數量、程度上超過限度或規定。若使用「exceed in sth.」的句型時，意思是「在數量或質量方面超過其他或突出」。

造句不NG　Example Sentences

⊃ surpass [sɚˋpæs] 動 **勝過、優於、大於、多於**

To constantly **surpass** oneself is the real success.

不斷超越自我才是真正的成功。

As far as I'm concerned, the attendance rate must **surpass** the last year's record.

就我來看，出席率應當超越去年的紀錄。

⊃ exceed [ɪkˋsid] 動 **超過、勝過、在數量或質量上超過**

Do you know that you just **exceeded** the speed limit?

你知道你剛剛超過行車速限了嗎？

圖解不NG Funny Illustration

小試不NG QUIZ TIME

Ray got 68 in English, and May got 96. We can tell that May's grades (surpass / exceed) Ray's.

譯 小雷英文考 68 分，小梅考 96 分。我們可以說小梅的成績高於小雷。

（說明）

surpass 的超越是指在能力、成就、程度、力量、品質、技巧上勝過或優於其他對手的意思，如果說 surpass your rival，就是說你的能力或程度高於對手的意思。再舉一例，her beauty surpasses description，是指美貌超過了描述、筆墨難以形容的意思，傾向於抽象的優越與勝出。exceed 是指超出了限定的數量、範圍或限制，是數或量上的超出，但也用於權力、權限上的超越。本題是說 May 的成績「超越」Ray，是兩人成績的比較，因此本題較適用 exceed 作為答案。

日常生活　學校職場　情感心智　社會萬象

UNIT 074

有 點

kind of / sort of

「小姐，我覺得妳有點面熟，我們有在哪裡碰過面嗎？」該怎麼說呢？

 字義不NG Essential Meanings

kind of	意思是「有點兒……」，可放在動詞、形容詞或副詞前面，為口語用法，例如 kind of sad（有點傷心），意思等同於 somewhat（稍微、有點）。此外，也能表示或多或少的感覺，數或量並不精確，只是接近而已。
sort of	意思是「有幾分、有點」，屬於副詞，比 kind of 更口語化，也可以用在具有貶義的用法上，例如 sort of strange（有點奇怪），意思上亦等同於 somewhat（稍微、有點）。

 造句不NG Example Sentences

⊃ kind of 片 **有點兒**

Her husband **kind of** smiled at me.

她老公像是對我笑了笑。

I felt **kind of** cold. Please bring me a cup of hot ginger tea.

我覺得有點冷。請給我帶一杯熱薑茶。

⊃ sort of 片 **有幾分、有點**

Lately I **sort of** messed everything up.

最近我有點把一切都搞砸了。

圖解不NG

小試不NG

You are (kind of / sort of) familiar to me. Have we met before?

譯 我見你有點眼熟。我們以前在哪見過嗎？

說明

kind of 和 sort of 的意思相當接近，都是口語中常見的用語，用來表示「有點、稍微」，並不是百分百肯定的感覺，除了可放在句子中外，口語中也能單獨使用，假如別人問你：「Do you like lemonade?」（你喜歡檸檬水嗎？）你可以回答：「Kind of.」或「Sort of.」（還好啦。）這樣的回答表示「不討厭，但也說不上喜歡」的意思。本題空格位在 familiar 之前，又沒有負面的含意，因此 kind of 和 sort of 都可以使用。

時　代

period / era / age

小時代、文藝復興時期與石器時代，這三者有何不同？

字義不NG　*Essential Meanings*

period	指國家歷史或人生中的某一段時間，或是某個事件從開始到結束的時間，時間長短不限，為可數名詞。
era	由某些特性所劃分出的時期，或是指稱地理上較長的時期。era 常見於書面，指歷史上的紀元、年代，可與 epoch 和 age 互換，強調該時期的延續性和整個歷程。
age	原意為「年齡、年紀」，引申為「長時間」，age 還可指具有某種顯著特徵，或以傑出人物命名的歷史時代。

造句不NG　*Example Sentences*

⊃ **period** [ˋpɪrɪəd] 名 **時期、時代**
Childhood is a critical **period** of one's personality development.
童年是一個人人格發展的關鍵時期。

⊃ **era** [ˋɪrə] 名 **時代、年代、歷史時期**
Microsoft enters a new **era** after its purchase of Nokia.
在買下諾基亞後，微軟進入新紀元。

⊃ **age** [edʒ] 名 **年齡、（人生的）某時期、（常大寫）時代**
We haven't seen each other for **ages**.
我們倆已經很久沒見面了。

小試不NG QUIZ TIME

The Stone Age is a broad prehistoric (period / era / age) during which stone was widely used as tools.

譯 石器時代是指廣泛運用石頭做為工具的大史前時代。

說明

period 是指從發生到結束的一段時間、某段對於國家或人類歷史上極其重要的時期或是人生的某一階段；地質學上則是指數千萬年之久的時期，如侏儸紀、三疊紀等。era 是按某種特性區分的時期，指得是歷史上的紀元或年代，通常會有一個明確的起始點；在地質學上則是指古生代、中生代等，間距比 period 長。age 是指由某中心人物或明顯特質所劃分出的歷史年代，或是跟人類發展有關的一段歷史；地質學上是指約為期數百萬年的時期，如 Ypresian（始新世的第一個階段）。本題強調的是一個時期，只有 period 最中性，故應選 period。

日常生活　學校職場　情感心智　社會萬象

UNIT 076

169

試 圖

try / attempt / endeavor

他試圖為自己犯的失誤找理由，該怎麼說好呢？

字義不NG　Essential Meanings

try	強調為達成目標而經過多次努力或嘗試，須注意的是，接不定詞或動名詞在意思上會有差異。
attempt	為正式用語，語氣比較弱，強調在第一次做某件事情時需要極大的勇氣，或面臨艱難的過程。attempt 只著重在「希望成功」，但不表示一定能成功。attempt 後面接不定詞或動名詞意思都不變。
endeavor	為正式用語，帶有正面的意味，強調即使面臨重重考驗，依然為了達成目標而努力，後面只接不定詞。

造句不NG　Example Sentences

 try [traɪ] 動 名 **努力、嘗試、試驗**

Many students **try** to improve their English.

很多學生試著要改善他們的英文。

 attempt [ə`tɛmpt] 動 名 **試圖、企圖**

Apple Inc. **attempted** to launch the new model before July.

蘋果公司嘗試在七月前推出新機款。

 endeavor [ɪn`dɛvɚ] 動 名 **努力、盡力**

The new CEO **endeavored** to maximize the profit margin.

新總裁極力將利潤率極大化。

圖解不NG

 小試不NG

They (tried / attempted /endeavored) to pull the car out of the mud.

譯 他們試圖把車子從泥濘中推出來。

說明

try 泛指努力或盡力去辦一件事，側重的是過程而非結果，例如此句 I don't know if I can come, but I'll try.，這裡的 try 即是指努力試試看，但結果還不能確定。attempt 也是指努力去辦一件困難的事，但多以失敗告終，基本上可以與 try 互換，只是較為正式。endeavor 是說因為極為困難而須付出極大的心力去做，有持續而認真看待的意思，是三者中最正面的用字。本題是說試圖將車子從泥巴裡拉出來，不知結果如何，但仍可看出也需要花費極大的心力與努力，因此三者都可用。

試　驗

trial / test / experiment

新藥要經過層層試驗才能上市，這該怎麼說呢？

字義不NG　Essential Meanings

trial	是透過觀察、研究的測試或試用過程，以區別人事物的能力、品質、性能。
test	表示用以檢驗人事物的科學方法或作法，以評估其性質或效能。另一個廣為人知的意思為「測驗、考試」。相關用法有 blood test（驗血）、test tube（試管）等。
experiment	表示在實驗室，透過控制實驗條件，進行測試或檢驗，以顯示已知事實、檢驗假設真偽或判定某事物之效能。

造句不NG　Example Sentences

⊃ trial [`traɪəl] 名 試用、試驗、審問、審判

The clinical **trial** of the new drug showed a severe side effect.

新藥的臨床測試出現嚴重的副作用。

⊃ test [tɛst] 動 名 試驗、測驗、考察

The royal doctor did a simple **test** to check if this soup had been poisoned.

御醫做了簡單的測試，檢查湯是否被下毒了。

⊃ experiment [ɪk`spɛrəmənt] 動 名 實驗、試驗

A new law has been passed to ban animal **experiments**.

一項禁止動物實驗的新法令已經通過了。

 圖解不NG

日常生活　學校職場　情感心智　社會萬象

UNIT 078

 小試不NG　QUIZ TIME

New drugs need to undergo a series of (trials / tests / experiments) before they are on the market.

譯 新藥需要經過一連串的測試才能正式上市。

說明

trial 是指透過測驗、研究或觀察的過程來了解能力、特性或表現等特質，以作為參考數據。test除了針對學習成果的驗收之外，在健康方面是指檢查身體以找出問題，也可以指試用或使用機器或產品一段時間，以確認其運作狀態或是取得相關資訊等。experiment是指運用科學的方式進行研究與調查以求得更多資訊，或是對於新的想法、方式或活動進行反覆的測試，以了解它的作用與成效。本題是說在新藥上市前要進行一連串的測試，這裡的測試含有了解新藥的特性、是否對人體產生不良影響、亦須經過精密的科學驗證，因此三者都可以使用。

173

旋 轉

turn / revolve / spin

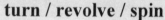

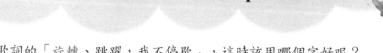

歌詞的「旋轉、跳躍，我不停歇」，這時該用哪個字好呢？

 字義不NG *Essential Meanings*

turn	含義廣泛，當「轉動、旋轉」解釋時，表示物體以自體中心點移動或旋轉，常見用法有 make a U-turn（U 型迴轉）。
revolve	表示以自體以外的某個點為中心，沿著軌道移動，也表示次要的事物對於主要事物的依賴，強調移動的「規律性」，亦可做「公轉」解釋。
spin	指沿內軸迅速而連續旋轉，或沿外部一個點做快速圓周運轉。spin 也用來表示蠶或蜘蛛的吐絲、作繭或結網。

 造句不NG  *Example Sentences*

❍ turn [tɝn] 動 名 **使轉動、旋動、翻轉**

Harry **turned** around and used the Patronus Charm on Demantors.

哈利轉身對催狂魔使用護法咒。

❍ revolve [rɪ`vɑlv] 動 名 **沿軌道轉、循環往復、旋轉**

A lot of women have their lives **revolve** around their husbands and children.

很多女性的人生都圍著丈夫小孩打轉。

❍ spin [spɪn] 動 **作（繭）、結（網）、（使）旋轉**

Joyce **spins** on her toes beautifully like a ballerina.

喬伊絲像芭蕾女伶一樣，踮腳尖美妙地旋轉著。

日常生活 學校職場 情感心智 社會萬象

 小試不NG

Look! The top has been (turning / revolving / spinning) for 10 minutes!

譯 瞧！陀螺已經持續旋轉十分鐘了。

說明

turn 是最常見的用詞，用法也最廣泛，是指以自我為中心作圓周
運動，或是單純沿著圓的弧線轉動，轉動的角度不一定要360度，
例如轉個身朝著不同的方向前進、轉彎、轉動把手等，都是用
turn。revolve 大多是指繞著物體本身以外的軸或中心轉動，像是
地球繞著太陽轉動（公轉）就用 revolve，如果是自轉就要用
rotate。spin 是指快速且持續性的 360 度轉動，物體依中心軸自轉
或是繞著外部一點迅速旋轉都可以用spin。本題是說陀螺的轉動，
陀螺是依自身中心點快速旋轉，只有 spinning 最符合。

UNIT 079

UNIT
080

大 的

large / enormous / huge

會統學
MP3 080

想問老闆，有沒有大件的牛仔褲，該怎麼表示呢？

字義不NG Essential Meanings

large	作「為數眾多的、規模龐大的」解釋，涵義較廣，可用於泛指體積、面積、容量、數量及程度上的大，在具體或抽象上都可以使用。
enormous	表示尺寸、範圍、數量或程度比平常大很多，語氣比其他兩字更強烈。例如 an enormous amount of money（數量龐大的金錢）。
huge	其基本意思是「巨大的、龐大的」，修飾具體名詞時多指超越一定標準事物的體積或容量；修飾抽象名詞時，指某事嚴重或極需解決。

造句不NG Example Sentences

⊃ large [lɑrdʒ] 形 大的、寬大的、大規模的
I need a smaller house. This one is too large for me.
我需要小一點的房子，這棟房子對我來說太大了。

⊃ enormous [ɪˋnɔrməs] 形 巨大的、龐大的
His bathroom is so enormous!
他家的浴室超級大！

⊃ huge [hjudʒ] 形 巨大的、龐大的
There's a huge market for handheld devices.
手持裝置的市場需求龐大。

圖解不NG

 小試不NG

There are three sizes in this kind of T-shirt, small, medium and (huge / large / enormous). What size do you wear?

譯 這款 T 恤有小、中、大三種尺碼，你穿哪種尺碼？

說明

large 和 big 意思相近，都指比一般尺寸、數量、體積來得大，但是修飾的對象仍有區別，big 可用於一般物品，但修飾的對象轉換成食物和衣服時，就要用 large，例如要說 a large coffee 而非 a big coffee。huge 程度上比 large 更大，是龐大的、巨大的意思，也可從其反義詞來判斷，huge 的反義詞是 tiny（微小的），而 large 的反義詞是 small（小的），更能凸顯兩者間的差異。enormous 也是描述尺寸或數量的極大、巨大與龐大，程度上比 huge 更大些。本題主要在詢問衣服尺寸的大小，並沒有要強調大到無人能及的程度，因此只能用 large。

No More Confusing Words
by Illustration

Chapter 3

情感心智篇

Emotions & Mind

高興的

happy / glad / delighted

我兒子獲得寫作冠軍，身為母親真是替他高興，該用哪個字較貼切？

 字義不NG *Essential Meanings*

happy	用於表示因滿意、知足而產生的愉悅感覺，通常是「快樂、幸福、滿意」的意思，形容的對象可以是人或是事物。
glad	泛指因願望實現或因對當時環境感到滿意而產生的感覺，有「樂意、愉快、高興」的意思，主詞需用「人」為對象。
delighted	表示強烈的歡愉或滿足感，欣喜的感覺更勝於 happy、glad，有「欣喜、歡喜、快樂」之意，主詞需用「人」為對象。

 造句不NG *Example Sentences*

⊃ **happy** [ˋhæpɪ] 形 （感到）高興的、樂意的
I am **happy** to show you around in Taipei.
我很樂意帶你在台北到處逛逛。

⊃ **glad** [glæd] 形 高興的、快活的
I am **glad** that Sean got admitted to a great university.
我很開心尚恩進入一所很棒的大學。

⊃ **delighted** [dɪˋlaɪtɪd] 形 高興的、快樂的
My friends are so **delighted** to hear that I am getting married.
聽到我要結婚，我朋友都很開心。

日常生活　學校職場　情感心智　社會萬象

UNIT 081

圖解不NG Funny Illustration

小試不NG QUIZ TIME

It was a (happy / glad / delighted) wedding. The mother was (happy / glad / delighted) about her daughter.

譯 這是個歡樂的婚禮。母親很替她女兒開心。

說明

happy 是「幸福快樂」的意思，是一種愉快、滿足、幸福等情緒的展現，只要是能展現這樣氛圍的情況都可以用 happy 來形容，例如一個快樂的人（或某人很快樂）、一個美滿幸福的婚姻等，主詞或形容的對象可以是人或物。glad 主要是替某件事感到高興、或樂於做某事的意思，只能以「人」當主詞。delighted 用法上類似 glad，接 with 表示對某件事感到歡喜、開心，或是高興去做某事的意思，也是以「人」當主詞。婚禮給人幸福、快樂的印象，因此第一格應該用 happy。母親為女兒感到「高興、歡喜」，且介系詞為 about，第二格要填 happy 和 glad。

困難的

hard / difficult / tough

會 統 學
▶ MP3 082

小孩常常會問爸媽一些難以回答的問題，該怎麼辦呢？

字義不NG　Essential Meanings

hard	三者都是指身體上或心理上需要努力來執行的事情。hard 最為通用，泛指體力、時間、壓力上讓人難以負荷，像是 the question is hard to answer（這個問題難以回答）。
difficult	很多情況下都可以和 hard 互換，但是 difficult 多用於需要技術或聰明才智才能解決的事情，像是 difficult task（艱難的任務）。
tough	意思是「艱難的、棘手的」，也可表示身體或意志上的堅強。若指物體，則是「堅韌的」，表示可以承受極大的張力而不斷裂。

造句不NG　Example Sentences

⊃ hard [hɑrd] 形 硬的、困難的；副 努力地
It is so **hard** for me to communicate with my boss. She never listens.
我很難跟上司溝通，她根本不聽人說話。

⊃ difficult [ˋdɪfəˌkəlt] 形 需要精力或技術的、困難的
Chemistry is **difficult** to me.
我覺得化學很困難。

⊃ tough [tʌf] 形 棘手的、不屈不撓的、堅韌的
Some people suffer from exceptionally **tough** life.
有些人的人生特別辛苦。

圖解不NG

 小試不NG

There are two math questions here. The former one is (harder / more difficult / tougher) than the latter one.

譯 這裡有兩道數學題目。前一題比後一題來得難。

說明

hard 是指難以去理解、實行、體驗或處理的問題,多數時候都可與 difficult 相通,其反義詞為 easy,此外,還能作「硬的、堅固的」解釋。difficult則是需要技術或努力才能處理的難題,另外,difficult 還有「難以相處的、不隨和的」的意思。tough 則帶有磨難的意味,比方說一件耗費心神、難以解決的任務,有「棘手的」之意。本題可用 harder 或 more difficult。

日常生活　學校職場　情感心智　社會萬象

UNIT 082

使驚訝

surprise / astonish / amaze

給人驚喜與驚艷全場,是一樣的用法嗎?

字義不NG　Essential Meanings

surprise	三者皆有「使……驚訝」的意味,而 surprise 泛指因發生的事情超乎預料或超乎尋常,而感到驚奇或不可置信,通常有驚喜的感覺。
astonish	語氣比 surprise 強烈,帶有震驚的意味。通常用過去分詞的形式表達某人對某事物感到震驚,be astonished at... 是指「對……感到吃驚」。
amaze	也用於表示強烈的語氣,通常用於好事帶給人的驚訝、驚喜之感。be amazed at... 是指「對……感到驚奇」。

造句不NG　Example Sentences

⊃ surprise [sə`praɪz] 動 使驚奇; 名 驚喜

To her surprise, her boyfriend proposed to her on Valentine's Day.

讓她驚訝的是,她男友在情人節向她求婚。

⊃ astonish [ə`stɑnɪʃ] 動 使驚訝

I am so astonished at winning the lottery.

我對於中樂透一事感到非常驚訝。

⊃ amaze [ə`mez] 動 使驚奇

That doctor's patience amazed me.

那位醫師的耐心讓我驚訝。

 小試不NG　QUIZ TIME

My wife was (surprised / astonished / amazed) at the anniversary present I gave her. She was so upset.

譯 我太太對我送的結婚週年紀念禮物感到震驚。她相當生氣。

說明

surprise 和 amaze 都有因喜悅而驚訝的感覺，依題意妻子看到先生給的結婚週年紀念禮物感到心煩、沮喪，可知對禮物不滿意，只有 astonish 沒有一定正面的感覺。所以本題正解選 astonished。

日常生活　學校職場　情感心智　社會萬象

UNIT 083

勇敢的

brave / courageous / bold

會 統 學
▶ MP3 084

跟心儀的女孩告白是件需要鼓起勇氣的事，該用哪個字呢？

字義不NG *Essential Meanings*

brave	三者都是形容詞，用來形容在艱困或危險的情境下，仍表現出勇氣的狀態。其中 brave 的用法最為廣泛，通常與天生的特質有關。
courageous	是由courage（勇氣）這個字變化而來，泛指能冷靜地面對某種考驗，表現出內在的力量。
bold	帶有膽大、冒失及魯莽的意涵。有可能因為不知畏懼，所以造成莽撞、放肆的行為。

造句不NG *Example Sentences*

◐ brave [brev] 形 **勇敢的**

If you are a real brave man, you must know your limits.

真正的勇者知道自己的極限在哪裡。

◐ courageous [kəˋredʒəs] 形 **有勇氣的**

He was so courageous to expose his supervisor's scheme.

他揭發主管的陰謀，真是勇氣十足。

◐ bold [bold] 形 **大膽的、放肆的**

I never like people who are too bold.

我從不愛魯莽的人。

圖解不NG

 小試不NG

The young man was so (brave / courageous / bold). He rushed into the fire and rescued the old lady out of the burning house.

譯 那位年輕人很勇敢。他衝進火場把老太太從著火的房子給救出來。

說明

brave 是指面對危險或困難的情況展現出毫無畏懼的心態，courageous 也同樣具有正面的特質，這兩者有時候可以互相通用。bold 的中文意思比較貼近「大膽的」，因此也可能帶有衝動、莽撞的負面含意，不過也能純粹形容一個人毫不畏懼危險。此三字皆可以是本題正解。

日常生活　學校職場　情感心智　社會萬象　UNIT 084

小心的

careful / cautious / prudent

小心來車與當心巨石掉落，兩個都是一樣的小心嗎？

字義不NG　Essential Meanings

careful	不帶恐懼或懷疑的情緒，比較偏向於在行動上留意可能的危險或損害。a careful leader 指領導者有自信，同時也讓下屬更加留意可能的錯誤而改善績效。
cautious	泛指帶有恐懼和懷疑的心理狀態，以避免可能發生的危險或損害。像是 a cautious leader 指得是信心不足的領導者，其下屬可能會因為領導者的小心翼翼而感到氣餒或恐懼。
prudent	指遇事審慎，思考計畫周密，不貿然行事，強調判斷合理明智。

造句不NG　Example Sentences

⊃ **careful** [ˋkɛrfəl] 形 小心的

I always stay **careful** when I take off my contact lenses.

我拿下隱形眼鏡時，總是非常小心。

⊃ **cautious** [ˋkɔʃəs] 形 小心謹慎的

Edison is always **cautious** with chemicals, fearing any possible accident.

愛迪生處理化學製品時，總是小心翼翼，害怕可能發生意外。

⊃ **prudent** [ˋprudṇt] 形 審慎的、小心的

A **prudent** man never wastes his money.

謹慎的人從不亂花錢。

圖解不NG Funny Illustration

小試不NG QUIZ TIME

Be (careful / cautious / prudent) when walking on the wet floor.

譯 地板溼滑，請小心行走。

說明

cautious 指避免產生風險，而行事小心、思慮謹慎，因此有時會因思慮過度導致決定時機延宕。另外，caution 多用於警示用告示牌，提醒人當心、注意。careful 是指為了避免發生意外、犯下失誤、造成損失等，而事先花了極大的注意力，沒有負面的意涵；用「謹慎」來解釋 prudent 比「小心」更貼切，也不帶有負面含意。此處表示「當心地板溼滑」，用 careful 或 cautious 更恰當。

著 迷

charm / fascinate / enchant

如果要表示你對喜歡的女孩神魂顛倒，哪個字最能表達你迷戀的程度？

字義不NG　Essential Meanings

charm	泛指讓對方感受到歡愉，進而吸引住對方。例如對可愛動物的迷戀，就可以用 charm 這個字。
fascinate	表示激起對方極度強烈的「興趣或好奇心」。在三者之中，較為少見。要特別注意的是本字的 sc 發成[s]的音。
enchant	意指激起對方羨慕或入迷的情緒，在三者之中語意最強，已接近瘋狂的程度。例如讓學校裡的每個女孩子神魂顛倒，就能使用 enchant 這個字。

造句不NG　Example Sentences

⊃ **charm** [tʃɑrm] 動 使著迷
Luffy's adventure **charms** the children across Asia.
魯夫的冒險讓全亞洲的小孩為之著迷。

⊃ **fascinate** [ˋfæsn͵et] 動 使著迷
She **fascinated** me with her elegance.
我為她的氣質傾倒。

⊃ **enchant** [ɪnˋtʃænt] 動 迷住
My boss is **enchanted** with his new smart phone.
我老闆對他的新智慧型手機愛不釋手。

 **圖解不NG**

 小試不NG

The boy is (charmed / fascinated / enchanted) by the girl with ponytail.

譯 男孩被綁馬尾的女孩所吸引。

說明

charm 是迷人或利用自身魅力迷倒別人，因而讓對方心悅臣服地去做某事；fascinate 是藉由特別的力量、個人魅力、不凡的特質或其他特質吸引他人，以激起他人極大的興趣或好奇心；enchant 則是指非常吸引人、讓人欣喜的程度。因此 charmed、fascinated 和 enchanted 皆為本題正解。

生病的

ill / sick

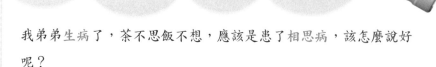

我弟弟生病了，茶不思飯不想，應該是患了相思病，該怎麼說好呢？

ill	較 sick 正式，通常用於書面英語，ill 指的是身體上的不適或是身體健康出現問題，或是用於描述較為嚴重的病情時。
sick	意思是「患病的、有病的」，只要是生病、身體不舒服、想嘔吐、心理或是情緒上的瘋狂、對某事物、某人感到厭煩等，都可以用 sick，相反地，ill 只能表示身體上的不適。sick 其他常見用法有 seasick（暈船）、be sick of...（對……感到厭惡）、make me sick（令我作噁）等。

⊃ ill [ɪl] 形 生病的、不健康的

I am sorry to hear that your daughter gets ill today.

聽到你女兒今天病了，我很難過。

⊃ sick [sɪk] 形 有病的、對……厭煩的、想嘔吐的

I am sick of your constant chatter.

我受夠了你一直嘮嘮叨叨。

Whenever I take the boat or ship, I will get seriously seasick.

我每次一搭船，就會嚴重暈船。

圖解不NG

 小試不NG

Norma had a high fever. She looked so (sick / ill).

譯 諾瑪發高燒。看起來病得很重。

說明

跟 ill 相比，sick 更為常見，因為其含意與用法更加廣泛，只要是遭受疾病或病痛上的不適或不舒服，都可以用 sick，此外，讓人感到不舒服的言行舉止（病態的）、受夠某人或某件事（厭煩的）等等，也可以用 sick。ill 專指生理層面與健康方面的不適感，也有「壞的、不好的、邪惡的」等含意。本題是發燒造成身體的不適，ill 和 sick 都有這方面的含意，意思也能互通，因此都是本題的正解。

體貼的

kind / considerate / thoughtful

你人很好，但不是我的菜，該怎麼說才不會傷到對方？

字義不NG　　Essential Meanings

kind	意思是「親切的、和藹的」，泛指個性上具有同理心、寬容及友善的特質，be kind to sth. / sb.是指「對某物或某人很親切」。
considerate	意思是「體貼的、考慮周到的」，泛指考慮他人的感覺或情境，小心地不要造成他人的困擾。be considerate of N.指「對……體貼」。
thoughtful	主要指某人能設身處地為他人著想，並給予同情或諒解，通常修飾人。常見用法是 be thoughtful of sb.（體貼某人）或是 be thoughtful about sth.（對某事考慮周到）。

造句不NG　　Example Sentences

⊃ kind [kaɪnd] 形 親切的、富於同情心的、體貼的
Sometimes life is not kind to us.　有時人生對我們並不寬厚。

⊃ considerate [kənˋsɪdərɪt] 形 體貼的、體諒的、考慮周到的
My grandmother was always considerate of everyone around her.
我祖母對身邊的人總是很細心。

⊃ thoughtful [ˋθɔtfəl] 形 細心的、體貼的、考慮周到的
You should be more thoughtful of the elderly.
你應該多為長輩著想。

 圖解不NG

小試不NG QUIZ TIME

Thank you for doing me a favor. You are so (considerate / kind / thoughtful).

譯 謝謝你幫我。你人真好。

說明

kind 是一種想要幫助他人也樂於幫忙他人、給他人帶來快樂的情緒，有心腸好、心地善良的感覺。considerate 則是會考慮到對方的感受與處境，感同身受地替對方著想。thoughtful 是對於有困難的人表現出關心、體諒他人感受的一種心境。雖然三者的中文意思各有不同，但在英文中卻沒有明顯區別，這點跟其他易混淆字群非常不一樣。本題情境是老婦人感謝對方的幫忙，應該在稱讚對方為人相當「善良、心地良好」，無法用「體貼、細心」代替，因此本題應填 kind。

日常生活　學校職場　情感心智　社會萬象

UNIT 088

195

容 忍

bear / stand / tolerate / endure

會 統 學
▶ MP3 089

要說「再也受不了你的臭腳丫了」該用哪個字表達好呢？

字義不NG　　Essential Meanings

bear	表示雖然受饑寒、疼痛、不幸、損失、困難或侮辱等，但仍勇敢地去面對，強調忍受的能力。
stand	口語用詞，強調自我約制、經受得起、不屈不撓的意思，一般只能用在否定句或疑問句中。
tolerate	主要指容忍和自己的願望相反的事，強調寬恕和耐力，具有自我克制的態度，含默認與寬容的意味。
endure	主要指對重大災禍和困難的長時間默默忍受，著重在體力或意志力的堅強不屈服。

造句不NG　　Example Sentences

⊃ **bear** [bɛr] 動 忍受、經得起

I just can't **bear** to see you give up on yourself like this.

我就是無法忍受看到你這樣自暴自棄。

⊃ **stand** [stænd] 動 忍受、容忍

I can't **stand** the humidity in Taipei.　我受不了台北的悶熱。

⊃ **tolerate** [ˈtɑləˌret] 動 忍受、容許

No one should **tolerate** any kind of violence.

我們都不應該縱容任何形式的暴力行為。

⊃ **endure** [ɪnˈdjʊr] 動 忍耐、忍受

As long as we persevere and **endure**, we can get what we want.
只要我們堅忍不拔，就能無往不利。

 圖解不NG *Funny Illustration*

 小試不NG *QUIZ TIME*

No one can't (bear / stand / tolerate / endure) the heat of the sun in the desert
for a couple of hours.

譯 沒人可以忍受得了在沙漠中經歷好幾個小時烈日的曝曬。

說明

bear 是指容忍承受任何令人不愉快的狀況，像是痛苦、煩惱、壓
力等。stand 是指承受並忍耐自己不喜歡的人事物，其後須接名詞
或動名詞，為口語用法。tolerate 則是用寬容、包容的心允許他人
去作違反自己意願、認同的事情，且不帶怨言，有默默承受、不
反抗的意味。endure 則是指長期地忍受著痛苦、折磨等卻不屈服
的感覺。本題是說無法「忍受」高溫，意指體能上的受苦，不帶
有違反自己認同的意思，因此選 bear、stand 和 endure。

日常生活　學校職場　情感心智　社會萬象

UNIT 080

197

像 是
like / as

會 統 學
MP3 090

要說「有其父必有其子」，該怎麼說呢？

字義不NG Essential Meanings

like

當介系詞和當動詞的意思完全不同，在這裡是當介系詞，後面可接名詞或代名詞。如果我們說 He speaks like a teacher.，是說他不是老師，只是說話的語氣像老師，如 like 改成 as，則是以老師的身分說話。

as

著重在「以……角色或身分」來進行動作，後面可接句子、副詞、名詞，例如 make a living as a freelancer（以自由工作者的身分謀生）。其他常見用法還有 such as（像是）、as if / as though（好像）等。

造句不NG Example Sentences

❍ like [laɪk] 介 像、（作法、程度等）和……一樣
Betty is like a mother to Carl.
對卡爾來說，貝蒂就像媽媽一樣。

❍ as [æz] 介 以……的身分、像……一樣；連 當……時
I am saying this to you as your friend, not as your boss.
我是以朋友的身分在對你說這些話，不是以老闆的身分。
As she walked in, the blackout occurred.
當她一走進來時，就發生大停電。

圖解不NG

小試不NG

Tracy has freckles on the face and curly hair, and so does her mom. We can say Tracy is exactly (like / as) her mother.

譯 崔西臉上有雀斑還有一頭捲髮，她媽媽也是。我們可以說崔西長得跟她媽媽一模一樣。

說明

當介系詞時，兩者的用法仍有不同。like 需要跟在動詞或 be 動詞之後，是指一個人在做某動作的時候看起來像是某個人物或對象，例如說話的方式像老師、走路的方式像小偷等。as 不一定要緊跟在動詞之後，可以在片語之後，表示就像某人所扮演的角色或某物所具有的功能。like a teacher 是指「像老師一樣」，事實上卻不是老師；as a teacher 則是說「作為老師、以老師的身分」，實際身分就是老師。本題是說女兒長得很像母親，但不是母親本人，因此要用 like。

日常生活　學校職場　情感心智　社會萬象

UNIT 090

喜 歡

like / enjoy / love

喜歡、愛與迷戀，三者的喜歡程度是一樣的嗎？

字義不NG　Essential Meanings

like	較為口語，表示對某人事物有認同、愉悅或滿意的感覺。後面可以接名詞、不定詞或動名詞。
enjoy	表示進行某事物時，產生歡愉或欣喜的感受，後面只能接名詞或動名詞，例如 enjoy watching TV（喜歡看電視）。
love	基本意思是「愛戀、熱愛、喜歡」，指特別喜愛某人、物、事情。不僅表示強烈的喜歡，而且含有熾熱的依戀，喜歡的程度高於 like。

造句不NG　Example Sentences

➲ like [laɪk] 動 喜歡

　Cathy **likes** to play mahjong.

　凱西喜歡打麻將。

➲ enjoy [ɪn`dʒɔɪ] 動 欣賞、享受、喜愛

　I **enjoy** chatting with you. You are so fun!

　我喜歡和你聊天，你真有趣！

➲ love [lʌv] 動 愛；名 熱愛、愛情

　I **love** the way you talk to me.

　我喜歡你跟我說話的方式。

圖解不NG

Puppy Love

 小試不NG

I (like / love / enjoy) you very much. Would you marry me?

譯 我非常喜歡你。你願意嫁給我嗎？

> **說明**
>
> like 是享受、喜歡去做一件事情，並能讓心情得到滿足和愉悅，like 的對象不分人事物。love 具有更強烈的感情，是指對人有極大的情感，通常是戀愛方面的吸引，或是對事物有極大的熱情，喜好的程度高於 like。enjoy 雖然也是熱愛、享受去做一件事情的意思，但通常針對的對象都是事情或物品，不會用於人身上。本題是要跟對方表白自己的感情，後句又提到 marry 這個字，可以想見是戀愛方面的強烈情感，最優先考慮 love。

日常生活　學校職場　情感心智　社會萬象

UNIT 091

201

瘋狂的

mad / crazy / insane

會 統 學
MP3 092

罵人「你瘋了嗎」，又該怎麼說呢？

字義不NG　　Essential Meanings

mad	是指極度地魯莽、憤怒，或是身心處於狂亂的狀態。依據後接的介系詞不同，會有不同的意思：mad about...是表示對某人事物很狂熱；mad at...則指對某人事物感到憤怒、生氣。
crazy	和 insane 類似，但 crazy 是非常口語化的用語，著重形容行為偏離理性，跟其他人相比，較為瘋狂或激進。
insane	屬於醫學上的定義，表示失去自我控制的能力，因此無法與社會和諧相處，舉凡從與他人互動稍微失調，到活在自我世界，與他人切斷連繫都可用 insane。

造句不NG　　Example Sentences

○ mad [mæd] 形 發瘋的、發狂的、惱火的
I would go mad if I lost my son like her.
若我像她一樣失去兒子，我會瘋掉。

○ crazy [`krezɪ] 形 瘋狂的、蠢的、古怪的
You must be crazy to send her a love letter every day.
你一定是瘋了，才會每天寄一封情書給她。

○ insane [ɪn`sen] 形 （患）精神病的、精神失常的、荒唐的
This serial killer is declared not insane and thus sentenced to the death penalty.
這位連續殺人犯被宣布沒有精神異常，因此被判處死刑。

 圖解不NG

小試不NG

The man is talking to himself and biting the nails. Everyone thinks that he might go (insane / mad / crazy).

譯 男子一邊自言自語一邊咬著指甲，所有人都認為他瘋了。

說明

mad 是指精神出現問題，無法用合理清晰的思緒來思考，或是因劇痛、盛怒或極度的悲傷而做出脫序行徑，例如失去理智（drive mad）。crazy 是指愚蠢、不合理、不切實際或異於常人思維的意思；此外，也可能基於某種壓力、痛苦、折磨等，使得心智失控、開始出現異於平常的言行。insane 是醫學用語，是指人無法與社會正常互動、有精神耗弱的問題等等，精神病院（insane asylum）就用這個字。從本題的敘述僅能判斷男子的行徑在常人眼裡是「不正常的」，但無法判斷是否是基於某種因素所導致，因此 insane 是最好的選擇。

日常生活　學校職場　情感心智　社會萬象

UNIT 092

想　要

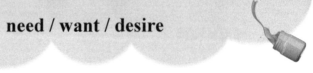

need / want / desire

需要、想要與要求，看起來都差不多，究竟要怎麼分辨？

字義不NG　Essential Meanings

need	通常表示非常重要或生存所必需的基本需求，和 want 兩者都帶有情緒上的「需要」，要求對象可以是自己或他人。
want	語氣上比 desire 強烈，表示強烈的需要並願意進行某事以獲取該人事物，常用於能夠滿足實際需要的東西。
desire	比較正式，通常表示可以實現的欲望，著重強調渴望的力量。desire 後面只能接名詞或不定詞，不能接動名詞。

造句不NG　Example Sentences

⊃ **need** [nid] 動 **需要、有……必要；** 名 **需要**

I **need** to charge my cell phone. My battery is low.

我的手機需要充電，電池快要沒電了。

You should get everything prepared to meet the boss's **need**.

你應該準備好一切，好符合老闆的需求。

⊃ **want** [wɑnt] 動 **想要；** 名 **必需品、缺乏**

I **want** to live a life that is mine!

我想要過自己的人生！

⊃ **desire** [dɪˋzaɪr] 動 名 **渴望、欲望**

She **desired** us to pay for her but did not dare to say it.

她想要我們幫她付錢，但是不敢說。

圖解不NG Funny Illustration

 小試不NG QUIZ TIME

There are many things I (want / need / desire) badly, such as clothes, handbags, and shoes. If I don't have them, I would go crazy.

🈶 我有好多想要的東西，像是衣服、包包以及鞋子。如果我沒有這些，我會瘋掉。

說明

need 是因為必要或很重要而產生了一種需求的動力；當名詞時則是指生存所必需的東西。want 是指很想去擁有或去做某事，是心理層面上的渴望，但並非必要或是很重要，沒有也不會影響生存，只是單純心裡渴望擁有、希望去做的意思；也能當名詞使用，表示「欠缺、必需品」的意思。desire 帶有強烈的渴望，若針對人的話，尤其是指受到性方面的吸引。這裡是非常「想要」衣服、名牌等物品，並非是必要或重要的東西，因此用 want 就可以。

日常生活　學校職場　情感心智　社會萬象

UNIT 093

新的、近的

new / fresh / recent

會統學
▶ MP3 094

新書、新人與新鮮人，三者有何不同呢？

字義不NG

Essential Meanings

new	意思是「新的、新鮮的、陌生的」，三者中最為常用，表示以往不存在的事物，也可表示初次體驗、初來乍到、初次發現的經驗或事物等。
fresh	除表示以往未曾有過的經驗之外，更可表示以往未曾出現過、具有獨特性的事物，當使用這類型的意思時，並無比較級或最高級。相關用法還有 freshman（大一新生）。
recent	意指「最近的、新近的、近來的」，表示剛剛才結束不久，也可表示從過去不久到現在的時間，並無比較級或最高級。

造句不NG

Example Sentences

⊃ new [nju] 形 新型的、新發現的、沒有經驗的
My boyfriend bought me a **new** backpack.
我男友給我買了一個新背包。

⊃ fresh [frɛʃ] 形 新鮮的、剛發生的、新穎的
Johnny is always able to come up with **fresh** ideas.
強尼總是有辦法提出嶄新的想法。

⊃ recent [`risn̩t] 形 最近的、近來的
Dr. Smith's **recent** discoveries are groundbreaking.
史密斯博士最近的發現非常具開創性。

圖解不NG

小試不NG

The magazine *Weekly ONE* issued yesterday was the (new / fresh / recent) edition.

譯 昨天發行的《一週刊》雜誌是新的一期。

說明

new 用法較廣泛，主要是指過去並不存在，最近才出現的一種狀態，因為出現的時間不長，所以比較少人見過或使用過；也可以指成為某一種狀態或關係的時間並不長，例如職場新人、新的身分等等；另外，如果是以前出現過的，具有重複性質或是中斷後想重新開始的情況，例如新的版本，也用 new。fresh 指的是原本的品質並未受到損害、腐壞、變質等，保有乾淨純潔的狀態。recent 則是指不久之前才發生或開始的，主要著重在時間方面。本題是說昨天發行的是新一期的週刊，週刊每週發行一次，有重新開始的意思，因此 new 最合致。

日常生活　學校職場　情感心智　社會萬象

UNIT 094

老舊的

old / aged / ancient

會統學
MP3 095

老舊家具、老骨董與老年人,三者有何不同?

字義不NG　Essential Meanings

old	在三者之中最為常見,可以形容年紀老邁、物品的老舊、過去的時光等,例如 an old building 表示大樓在很久之前蓋好。
aged	若用以表示「年老的」的話,語氣則比old強烈,例如 aged men(老年人)、aged wine(陳年老酒)等。
ancient	用以形容數百年以前建好的建築物,涵蓋的時間比 old 還要早很多,例如 an ancient monument,表示紀念碑有一定的歷史年代。

造句不NG　Example Sentences

○ old [old] 形 老的、上了年紀的、舊的
Old John always likes to talk about those old times.
老約翰總是喜歡談論往昔時光。

○ aged [`edʒɪd] 形 年老的、舊的
She takes care of her **aged** grandmother alone.
她獨自照料年邁的祖母。

○ ancient [`enʃənt] 形 古代的、古老的、古舊的
I am always fascinated with **ancient** buildings.
我對古建築物一直很著迷。

圖解不NG

new　　　　　old　　　　　ancient

小試不NG

My grand grandpa is (old / aged / ancient) 97. He is quite (old / aged / ancient).

譯 我曾祖父高齡 97 歲，他年紀相當大了。

說明

old 的用法比較廣泛，不論是人、物品、建築或是時代，都可以用 old 來形容，有「年老的、舊的、老舊的、古時的、從前的」等多重意思。aged 是從動詞 age（使變老）變化而來，較 old 更老更舊；「be / N ＋ aged ＋數字」則是指「……歲的」。ancient 是非常古老的或是來自於久遠的年代，只能形容民族、文化、律法、建築等，反義詞為 modern（現代的）。本題第一格是要表達「高齡 97 歲」，看用法只能用 aged；第二格指曾祖父年紀相當大，修飾對象是人，只能用 old 或 aged。

疼 痛
pain / ache / hurt

「媽媽，我眼睛痛，沒辦法看書」，該怎麼說呢？

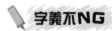 字義不NG　Essential Meanings

pain	名詞，意指「身體特定部位的疼痛」，通常指身體急劇或極度不舒服，程度上比較嚴重、也持續比較久一點，需要打針或服用止痛藥來治療，此外，pain 也可用於精神或情感上的痛苦。
ache	名詞，意思是「疼痛」，指身體某部位不舒服，疼痛程度較輕微，例如胃痛、牙痛、頭痛等，可用藥效較輕的鎮痛軟膏來治療。
hurt	可當動詞、名詞或形容詞。是指由外力因素造成的身體疼痛或傷害，而 pain 和 ache 則是由身體內部因素所造成。

 造句不NG　Example Sentences

➲ **pain** [pen] 名 疼痛、痛苦、（身體特定部位的）疼痛

She took some pills to ease the **pain** last night.

她昨晚吃了幾片藥緩解疼痛。

➲ **ache** [ek] 動 名（持續性地）疼痛

I am suffering from a dull **ache** on my back.

我背部一直隱隱作痛。

➲ **hurt** [hɝt] 動 使受傷；名 傷、痛；形 受傷的

Be careful on that ladder. You might **hurt** yourself if you fall.

爬梯子要小心，若是掉下來，你會受傷的。

圖解不NG Funny Illustration

日常生活　學校職場　情感心智　社會萬象

UNIT 096

小試不NG QUIZ TIME

Jeffrey has a severe (pain / ache / hurt) in the stomach. He must have eaten something bad last evening.

譯 傑佛瑞劇烈胃痛。他昨晚應該吃壞肚子了。

說明

雖然三者都有「疼痛」的意思，但 ache 是指一種持續性的、比較不嚴重的疼痛，像是牙痛、偏頭痛、胃痛等就屬於這種疼痛程度，用法為「身體部位＋ ache」。pain 是指因疾病或傷口所造成的肉體上的痛苦感，精神上或情緒上的苦痛、折磨也可以用 pain，可寫成「have a pain in the ＋身體部位」。hurt 可以當動詞或名詞，基本上 hurt 是指造成自身或他人身體上的傷害而言，通常偏向於肉體上的傷害。看題目的寫法，應該是 pain 的用法，所以本題正解為 pain。

211

原　諒

pardon / forgive / excuse

會統學 MP3 097

當你犯了不可挽回的錯誤，想請求原諒時，應該怎麼說？

字義不NG　Essential Meanings

pardon	用於犯錯或嚴重冒犯對方時，請求對方原諒以期減輕負面的影響，語氣較為客氣。常見用法有 I bag your pardon（請原諒）、pardon me for...（原諒我……）。
forgive	用於請求對方原諒或寬恕自己在禮節、習俗、宗教或道德上的過錯或過失，以避免報復、懲罰，並表示悔悟。
excuse	基於禮節表示歉意，常用在口語上，向人請求失陪、讓路借過，或在會議中請求發言時，都可以用 excuse，用法是 excuse sb. for sth.（原諒某人做某事）。

造句不NG　Example Sentences

⊃ **pardon** [`pɑrdn̩] 動 名 **原諒、饒恕**

I sincerely hope you can **pardon** me for my inconsiderate language.

我誠摯希望您原諒我不甚體貼的言語。

⊃ **forgive** [fɚ`gɪv] 動 **原諒、寬恕**

I **forgive** you for what you did to me.

我原諒你對我做的那些事。

⊃ **excuse** [ɪk`skjuz] 動 **原諒**；名 **藉口、理由**

Please **excuse** me. I need to take this call.

失陪一下，我必須接這通電話。

圖解不NG *Funny Illustration*

小試不NG *QUIZ TIME*

Mr. Smith is angry with Dennis for what he has done to the window, so we can see Dennis is now asking for his (pardon / forgiving / excuse).

譯 史密斯先生氣丹尼斯打破了他的窗戶,所以我們可以看到丹尼斯正在請求對方的原諒。

說明

pardon 是指對於他人冒犯、失誤或不禮貌的行為所做的寬恕、原諒,也有「赦免」的意思,即原諒而不施予處罰的意思。forgive 的原諒則帶有不再生氣、不再計較或埋怨的語氣,或是不給予責罰。excuse 除了指對於犯錯、做錯事等的原諒之外,最常見於禮貌性地詢問允許失陪去做某事、打斷對話或請求讓路等要求,是一種謙虛與禮貌的開頭語氣。本題是指因為做錯事而去尋求「原諒」,因此 pardon 和 forgiving 兩字皆可使用。

日常生活 學校職場 情感心智 社會萬象

UNIT 097

說 服

persuade / convince

嫌犯試著讓法官相信他是無辜的，該用 persuade 還是 convince？

字義不NG Essential Meanings

persuade	意思是「說服」，表示透過推理或論點來勸誘他人做某事，但不代表對方相信或認同該論點，僅在說服他人去做某事或行使某行為。persuade 後面要接不定詞。
convince	是「使確信、使深信」的意思，表示使某人深信某件事實，改變某人的信念或想法，後面僅接 that 子句，且 that 可以省略。

造句不NG Example Sentences

⊃ persuade [pɚ`swed] 動 說服、勸服

He tried to persuade me to buy that apartment but failed.

他試圖說服我買下那間公寓，但是我沒採納。

⊃ convince [kən`vɪns] 動 使確信、使信服、說服

I am so convinced that he is guilty.

我確信他有罪。

He managed to convince the jury that he was innocence.

他試圖說服陪審團相信他是無辜的。

圖解不NG

小試不NG

Though Billy tried hard to (persuade / convince) his parents to let him keep a puppy, they were not fully (persuaded / convinced) that he would do exactly what was made on the list.

譯 雖然比利努力說服爸媽讓他養狗，但他們仍不全然相信比利會真的按清單所列的事項來做。

說明

persuade是指用要求、辯論或是給予理由等手段使對方同意或相信某件事，但不意味著對方認同你提出的理由或動機。convince 指說服對方、使對方信服其為真相，強調的是讓對方相信、改變信念或想法，從而主動地按自己的意思去作為。Billy 想說服父母讓他養小狗，但父母卻不完全相信 Billy 會真的照顧好狗狗，第一格僅停留在說服階段，父母尚未改變想法，要用 persuade，第二格則用 convinced 表示父母沒有因此信服。

喝采、歡呼
acclaim / applaud / cheer

觀眾為她傑出的表現歡呼，可以用哪個字來表達？

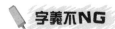 **字義不NG** *Essential Meanings*

acclaim	意思是「歡呼、喝采」，可當動詞或名詞，著重在稱讚的動作，意指透過熱情地、公開地讚美，表達高度的評價，不能用於被動式。
applaud	意思是「拍手喝采、稱讚、鼓掌」，動詞，表示對於精彩的表演或高貴的舉止表達稱讚或鼓掌。
cheer	意指「大聲歡呼」，指有組織、有目的地喊話（如加油等），主要用於比賽時為參賽者鼓勵，或是對演出成功或重大節目的歡呼與慶祝。也有「鼓勵、鼓舞」的意思，指替對方打氣，以提振精神、勇氣或體力。

 造句不NG *Example Sentences*

⊃ **acclaim** [ə`klem] 名 動 歡呼、喝采

The new musical of Andrew Smith isn't highly **acclaimed**.

安德魯‧史密斯的新音樂劇並未受到高度評價。

⊃ **applaud** [ə`plɔd] 動 鼓掌歡迎、喝采

The audience **applauded** the ballerina for a long while.

觀眾向芭蕾舞女主角鼓掌了好一陣子。

⊃ **cheer** [tʃɪr] 名 動 歡呼、振奮

His family will come to **cheer** for him.

他的家人會到場為他加油。

圖解不NG

 小試不NG QUIZ TIME

The circus performed so well that all the audience stood up and (acclaimed / applauded / cheered) to show how much they enjoyed the performance.

譯 馬戲團表演得如此之好，全體觀眾紛紛起立喝采，顯示出他們有多享受這場表演。

說明

acclaim 是指用非常熱情、強烈的方式來表達激賞或讚賞的意思，基本上是採用歡呼的方式。applaud 比較強調用鼓掌拍手的方式來表示贊同、支持或讚賞。cheer 則是基於鼓勵或讚賞的角度有感而發地喊叫，像是為比賽加油、為他人加油打氣，或是為求勝利的歡呼口號等，就可以用 cheer 來表達。本題是說表演非常地精彩，所以觀眾全都起立「喝采」，可以是拍手鼓掌或是高聲叫好，所以三者都可以使用。

遙遠的

remote / distant / far

會 統 學
▶ MP3 100

世界上最遙遠的距離是我在你面前，你卻不知道我愛你，應該怎麼說？

 字義不NG　Essential Meanings

remote	雖也可表示時間或距離上的遙遠，但較強調遠離中心點，含有「不易到達」的意思，其他常見用法還有 remote controller（遙控器）。
distant	語意上比 remote 強，可代表時間或空間上的距離遙遠，也可表示「來自遠處」的意思，也可引申表示「遠親的、冷淡疏遠的」。
far	原指「距離上」的遙遠，也可指「時間上」的久遠。要注意 far 不與 kilometer 等表示確切距離的單位連用。此外，還可指「程度上」的超過、超越了標準而言。

 造句不NG　Example Sentences

➲ **remote** [rɪ`mot] 形 遙遠的、偏僻的、關係疏遠的
Our village is **remote** from popular tourist spots.
我們村莊離熱門的旅遊景點很遠。

➲ **distant** [`dɪstənt] 形 遠的、久遠的、冷淡的、疏遠的
Pluto is **distant** from the sun.
冥王星離太陽很遠。

➲ **far** [fɑr] 形 遠的、遙遠的；副 很、極、遠
I do **far** more than my duty.　我做得比我的職責所在還多。

 圖解不NG ~~Funny Illustration~~

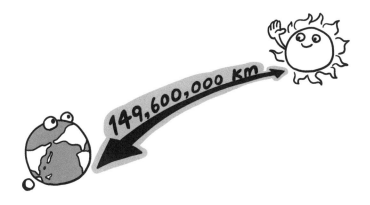

149,600,000 Km

小試不NG ~~QUIZ TIME~~

My grandfather lived in a (remote / distant / far) village. It was dozens of miles (remote / distant / far) from the town.

譯 我祖父住在一座偏遠村落裡,離鎮上有數十哩之遠。

說明

remote 泛指空間上的偏遠、距離上的遙遠、時間上的久遠(未來或過去都可以),甚至人際關係的疏遠,都可以使用,常見用法有 remote galaxy、remote village 等。distant 跟 remote 一樣可以修飾空間、距離、時間或人際關係,但 distant 還有另一種用法,例如 ten miles distant from here,這裡就不能用 remote。far 則是最常見的字詞,可以指空間或距離上的遙遠,或是程度上(多)很多的意思。本題第一格是說偏遠的村落,因為沒有其他條件可以判讀,因此 remote、distant 兩者都可使用;第二格是說村落距離城鎮有數十哩之遠,只能用 distant。

羞 恥

shame / humiliation / embarrassment

看到有人隨地吐痰，想說「真可恥」，應該怎麼說？

字義不NG Essential Meanings

shame	表示因為可恥或不適當的行為舉止而導致的痛苦或罪惡感。當可數名詞時，表示令人感到羞愧的人或事，常見用法有 Shame on you!（你真丟臉！）
humiliation	表示遭受侮辱使自尊心受到嚴重打擊，例如 suffer great humiliation（遭受極大羞辱）。
embarrassment	表示在公開場合中因為不恰當的行為產生的愧疚感或羞恥心，也可以指財務上的拮据或處境上的艱難而造成的困窘或兩難局面。

造句不NG Example Sentences

⊃ shame [ʃem] 動 **使感到羞恥**；名 **羞恥（心）**
Miley's weird behavior brings **shame** on her parents.
麥莉怪異的行為，令她父母感到羞愧。

⊃ humiliation [hjuˌmɪlɪˋeʃən] 名 **丟臉、羞辱、蒙羞**
The **humiliation** of being defeated by his long-standing enemy greatly frustrated him. 被宿敵打敗的恥辱，嚴重打擊了他。

⊃ embarrassment [ɪmˋbærəsmənt] 名 **困窘、難堪**
I am not an **embarrassment** to my family!
我沒有讓家族蒙羞！

 小試不NG QUIZ TIME

I am so sorry for eating half of the fish. I feel (shamed / humiliated / embarrassed).

譯 我很抱歉吃掉半隻魚。我真的好羞愧！

說明

shame 是一種自覺做錯事後產生的愧疚、後悔、難過、自責或難堪等感受，你會有自己應要受到苛責的自責感。embarrassment 則是自覺做了一件蠢事，這種蠢事無關是非對錯，可能是大家常犯的失誤，但還是會有種讓人覺得自己很蠢、很丟臉的印象，這種感受通常是自己的解讀或認知。humiliation 比較不同，是指受到羞辱或自尊受打擊而心生一股不愉快或羞愧的情緒。本題是說覺得自己吃掉半條魚感到「不好意思」，帶有自責的、覺得自己做錯事的情緒，但並沒有受到其他人的指責，因此選 shamed 或 embarrassed。

日常生活　學校職場　情感心智　社會萬象

UNIT 101

221

疾 病

sickness / illness / disease

醫生說我得到 **COVID-19** 了，這是哪種病呢？

 字義不NG　Essential Meanings

sickness	較口語化，可與 illness 互換，但 sickness 偏重某種身體上的不適。另外，sickness 還可表示「噁心」。
illness	泛指一切疾病，強調生病的時間或狀態，較 sickness 正式一些。若強調疾病的種類，是可數名詞；強調生病的狀態時，是不可數名詞。
disease	通常較嚴重，發病時間也較長。和前兩者相較之下，disease 多指具體的疾病，illness 和 sickness 則通常表示抽象的疾病或生病狀態。

 造句不NG　Example Sentences

⊃ **sickness** [`sɪknɪs] 名 患病、疾病、噁心

A woman died of altitude **sickness** in Tibet yesterday.

一名女子昨日在西藏死於高山症。

⊃ **illness** [`ɪlnɪs] 名 患病（狀態）、身體不適、（某種）疾病

She finally went home after recovering from her **illness**.

她生病痊癒後，終於回家了。

⊃ **disease** [dɪ`ziz] 名 病、疾病

COVID-19 is a contagious **disease** caused by severe acute respiratory syndrome.

新冠肺炎是由嚴重急性呼吸道症候群所引起的傳染病。

圖解不NG

小試不NG

Judy felt a dizzy (sickness / illness / disease) this morning, so she took a (sickness / illness / disease) leave and stayed home for rest.

譯 茱蒂今早有點頭暈，所以她請病假待在家裡休息。

說明

sickness 是指由於生病、疲勞等因素引發的身體不適的狀態，也能指因為不舒服和疲勞引起的頭暈想吐的狀態，因此 car sickness（暈車）就用這個字。disease 是指較為嚴重的、較難治癒的疾病，例如遺傳疾病、愛滋病等具有正式名稱的疾病。illness 是指沒有經過醫生診斷因此比較不明確、通常是短期發作、容易治癒的疾病，例如流感。本題是說感到頭暈而請假，頭暈是一種不舒服的狀態，而非疾病，因此用 sickness 即可；請病假可以寫成 take a sick / sickness leave。

日常生活　學校職場　情感心智　社會萬象

UNIT 102

223

嚇 到

terrify / frighten / scare

看見小女孩吐出綠色黏液的這一幕，把所有人都嚇壞了，應該怎麼說？

 字義不NG *Essential Meanings*

terrify	語氣最強，表示難以承受，有被嚇到六神無主、目瞪口呆的意思。
frighten	較為普遍，由於外在的某種刺激，而產生突然、短暫的驚慌或恐懼。
scare	最為普遍，語氣稍弱，有「恐嚇」的意思，指用可怕的動作、影像或聲音等使人處於驚恐的狀態或讓人內心感到恐懼，著重在讓人受驚嚇後立即停下正在進行的事或跑走。

 造句不NG *Example Sentences*

⊃ terrify [ˋtɛrəˌfaɪ] 動 **使害怕、使恐怖**
Anna was so **terrified** by the sound of the explosion.
安娜被爆炸聲嚇壞了。

⊃ frighten [ˋfraɪtn̩] 動 **使驚恐、使駭怕**
The whistling **frightened** the robber away.
哨子聲把搶匪給嚇走了。

⊃ scare [skɛr] 動 **驚嚇、使恐懼；** 名 **驚恐**
The car accident **scared** these kids.
車禍嚇到了孩子們。

圖解不NG　Funny Illustration

小試不NG　QUIZ TIME

Never stand behind me without a sound again. That really (terrifies / frightens / scares) me.

譯 不要再不聲不響地站在我背後。那真是嚇死我了。

說明

terrify 是三者中「最高程度的驚嚇」，表示受到極度的恐懼，失去方寸、手足無措的感覺，被動語態也很常見，寫成「sb. be terrified of sth.」。frighten 是指突然遭受驚嚇而言，受驚嚇的程度較 terrify 少，也常用被動式，寫成「sb. be frightened of sth.」。scare 是三者中最常見的字，語氣也是最弱的一個，是指受到外力的作用而感到害怕、嚇了一跳，有時候也可以跟 frighten 互換，scare 也很常用被動式，寫成「sb. be scared of sth.」。本題是說一聲不吭地站在背後會嚇到人，無從判斷說話者的語氣與驚嚇程度，因此三者都有可能。

感 謝

thanks / gratitude / appreciation

感謝主賜予我們豐盛的晚餐與感謝你的救命之恩，有分別嗎？

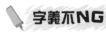 字義不NG　*Essential Meanings*

thanks	最口語、最普遍的用詞，即使例如幫忙遞水杯等小事，也可以用 thanks 或 thank you 來表示，thanks 比 thank you 來得口語。
gratitude	語氣比 appreciation 輕，當對方沒有義務提供協助，卻仍因好意提供協助時，便可用 gratitude 來表達「感謝、感激」之意。
appreciation	除了「欣賞、賞識」之外，也有和 gratitude 類似的意思，但語氣比 gratitude 重，除了用行動或言語表示感謝之外，appreciation 更帶有高興的語氣。

 造句不NG　*Example Sentences*

➲ **thanks** [θæŋks] 名 感謝、道謝

Many **thanks** for teaching me how to swim.

多謝你教我游泳。

➲ **gratitude** [ˈɡrætəˌtjud] 名 感激之情、感恩、感謝

No words can express my **gratitude** to you.

言語不足以表達我對你的感激之情。

➲ **appreciation** [əˌpriʃɪˈeʃən] 名 賞識、感謝

I sent him a concert ticket to show my **appreciation** of his assistance.

我送他一張音樂會門票，感謝他提供的協助。

圖解不NG

小試不NG

Ross helped an old lady pass the road, so the lady gave him a piece of candy to express her (thanks / gratitude / appreciation).

🈁 羅斯扶老太太過馬路，老太太送給他一顆糖表示感謝。

說明

thanks 是對他人給予的好意產生好感，進而表達感恩的一種回應，一般用於非正式的場合，像是朋友之間的一個小忙的口頭答謝。thanks 當名詞時必須要用複數型，搭配動詞 express 或 give。
gratitude 也是對別人給予的好意產生好感，心懷感恩的情緒，而且通常會想回報，show gratitude 就是「表達感謝」的意思。
appreciation 是指能理解與感受到事物美好的一面而產生出的感動，進而可能培養出感激之情（gratitude），有時候這種欣賞可能停留在感動的階段，不會引發感激。幫助老太太過馬路只是一個小忙，用 thanks 即可，其他兩字太過正式。

瘦 的

slender / slim / thin

要說「妳再瘦下去,已經不是林志玲,而是木乃伊了」,該怎麼說?

字義不NG　*Essential Meanings*

slender	表示女性具有少女的體型,帶有讚美的意味,用 slender 來形容一名女性,是讚揚她外型迷人,身材姣好。
slim	是最正面的讚美詞,代表體型適中且健康,且具有吸引力,被形容成 slim 是大多數人最想要達到的體態,常與 fit、healthy 組合。
thin	是「單薄的、纖細的」,形容人時指缺少或低於正常程度的脂肪而顯得不豐滿、不結實,常用於病後或疲勞而致的消瘦,為中性評價。

造句不NG　*Example Sentences*

⊃ slender [`slɛndɚ] 形 **修長的、苗條的、纖細的**
No girls don't dream to be **slender**. 沒有女孩不夢想身材苗條。

⊃ slim [slɪm] 形 **苗條的、纖細的**
You have to be on a healthy diet to keep **slim**.
擁有健康飲食,才能保持苗條身材。

⊃ thin [θɪn] 形 **瘦的**
Chiling Lin is **thinner** in person than on TV.
林志玲本人比電視上瘦多了。

圖解不NG Funny Illustration

小試不NG QUIZ TIME

Most girls think that being thin is beautiful, and that's why supermodels are all as (slender / slim / thin) as paper.

 大多數的女孩都認為瘦即是美，這也是為什麼超模全都瘦得跟紙片一樣。

說明

thin 的反義詞是 thick（厚的），形容外表或體態較一般常人來得單薄、身體上沒有脂肪的感覺，thin 也有「薄、細、淡、稀疏」的意思，因此紙張的厚薄、頭髮稀疏等，都可以用 thin。slim 是三者中最高的讚美詞，是最理想的體態，型態苗條、穠纖合度，雖然瘦但不失優雅，是一種迷人的狀態。slender 多用來形容女性，比一般常人來得嬌弱、纖瘦。本題是說超模們都瘦得跟紙片一樣，形容紙的厚薄要用 thin。

思　考

think / reflect / contemplate

他在思考「人為何存在」這個問題，該用哪個字？

字義不NG　Essential Meanings

think	表示透過思考的過程，以形成的某種概念或想法，再得出某個結論，強調的是形成想法的過程，結論是否正確並不是重點。此外，think 作「認為」解時，沒有現在進行式。
reflect	指的是冷靜地反覆思考某個問題，尤其是關於已經發生過的事情，後面可接名詞子句，或接 on、upon、over 再接名詞。
contemplate	表示集中注意力思考，尤其是對於未來的事情或可能採取的動作，但並不一定需要明確的目的性。

造句不NG　Example Sentences

➲ think [θɪŋk] 動 思索、認為、以為
I am **thinking** about ways to make easy money.
我正在思考輕鬆賺錢的方式。

➲ reflect [rɪˋflɛkt] 動 思考、反省
I **reflected** how irresponsible I had ever been.
我深刻反省我一直以來有多麼地不負責任。

➲ contemplate [ˋkɑntəmˌplet] 動 仔細考慮、預期、盤算
He **contemplated** proposing a mergers and acquisitions plan.
他打算提出併購計畫。

圖解不NG

 小試不NG

He stared at the verses and (thought about / reflected on / contemplated) the meaning of the poem for quite a while.

譯 他盯著詩句許久,思考其中含意。

> **說明**
>
> think 是指認真地思考並試圖在腦海中產生一些特定的想法、判斷或結論,以做出決定,帶有個人強烈的主觀意識,think 當「思考」解釋時,因為動作能持續一段時間,因此可以有進行式,若當「認為」解釋時,則無進行式。reflect則是對過去或已發生的事情所做的反思或檢討,以避免重蹈覆轍,reflect 也有「反射、反映、反思」等意思。contemplate 是在腦海中經過一連串仔細地盤算與深思,思考的對象含有未來的計畫。本題是說盯著詩句並「思考」詩文的意義,這裡沒有反思過去的意涵,也沒有對未來的打算,故只能選 thought about。

日常生活　學校職場　情感心智　社會萬象

UNIT 106

UNIT 107

會 統 學

MP3 107

膽小的

timid / cowardly / shy

他很膽小，跟女孩子講話就會臉紅，該用哪個字呢？

字義不NG Essential Meanings

timid	表示因缺乏自信而恐懼，與個人能力無關。
cowardly	由coward這個字變化而來，coward是「膽小鬼、懦夫」之意，字尾加上 ly 成了形容詞，是「膽小的、懦弱的」的意思，指缺乏勇氣或個性懦弱，屬於負面用詞，表示一個人從不冒險或嘗試新事物。
shy	意思是「帕羞的、沒自信的」，描述的對象可以是人或行為，如羞怯的表情、微笑等。亦可指鳥獸等「膽怯的、易受驚的」，常與 of 連用，其後可接名詞或動名詞。

造句不NG Example Sentences

➲ **timid** [ˋtɪmɪd] 形 **膽小的、怕羞的**

I am too **timid** to be a singer. 我太膽小，無法當歌手。

➲ **cowardly** [ˋkaʊɚdlɪ] 形 **膽小的、懦怯的、卑劣的**

Everyone laughed at Jack's **cowardly** behavior.

大家都在嘲笑傑克膽小的行為。

➲ **shy** [ʃaɪ] 形 **怕羞的、易受驚的、膽小的**

The princess' **shy** sweet face charmed the prince in no time.

公主甜美又害羞的面容，傾刻迷倒了王子。

圖解不NG

小試不NG

He is too (timid / cowardly / shy) to ask the girl he likes to see a movie.

譯 他太害羞，無法開口約喜歡的女孩去看電影。

說明

timid 是指缺乏勇氣或自信，或是容易緊張害怕，尤其在與他人的互動上，timid 可以修飾人或事物，例如 a timid smile（靦腆的笑容）。cowardly 是因為對危險、困難或是痛苦等情況感到恐懼，因而對於要做的事舉步不前、甚至有臨陣退縮的意圖，通常帶有負面的指責。shy 是指在跟人群互動的時候會產生彆扭、緊張或不自在的感覺，或是因為緊張、害怕或討厭等因素而避免去做某事的意思，camera-shy 就是「不喜歡拍照的」的意思。本題是說太害羞不敢邀喜歡的女孩去看電影，timid 和 shy 都可以，但 shy 更普遍。

日常生活　學校職場　情感心智　社會萬象

UNIT 107

想 法

idea / thought / concept

聽到他結婚了，你第一時間腦海浮現了什麼想法，該用哪個字？

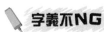

字義不NG Essential Meanings

idea	意思是「構想、概念」，表示為了完成工作或任務，在腦中進行的計畫或流程。
thought	意思是「想法、見解」，表示在腦中的思考過程，是透過思考產生的一種推論；眾多 thought 結合起來，就形成了帶有計畫概念的 idea。
concept	意為「觀念、思想」，與 idea 相比，idea 比較偏重「腦中的計畫」，而 concept 較有「程式、步驟」的意味，通常 concept 也代表了 idea 的集合體。

 造句不NG Example Sentences

⊃ idea [aɪˋdɪə] 名 主意、打算、計畫

The idea of writing a book on Italian cuisine arose in my mind.

我腦中興起了想要寫一本關於義大利美食書的想法。

⊃ thought [θɔt] 名 思維、思考、考慮

The thought occurred in my mind.

這個想法浮現在我腦海中。

⊃ concept [ˋkɑnsɛpt] 名 概念、觀念、思想

Our members did not accept the concept of fundraising online.

我們會員不接受線上募款這個概念。

 圖解不NG

 小試不NG

As far as this issue is concerned, I have already got a brilliant (idea / thought / concept).

📖 就這個議題而言,我已經想到一個很棒的點子了。

說明

idea 的含意很廣,腦海中不經意浮現的畫面或臨時的一個想法,亦或經過思考所規劃出的構想,都可以用 idea 這個字。thought 是由 think 演變而來,是思考(thinking)這個動作或過程之中的產物,通常是經由仔細而審慎地考量所有細節後而得出的某種推論和想法。concept 則是將某些特定實例的共同關聯在腦海中歸納出的一種泛一般性的觀念或認知。本題是指一個很棒的「想法、點子」,有一種靈光一閃、不經縝密思考過程就浮現的感覺,因此要填 idea。

日常生活　學校職場　情感心智　社會萬象

UNIT 108

忠誠的

true / faithful / loyal

為什麼說「狗是人類最忠實的夥伴」，要用哪個字好呢？

字義不NG　Essential Meanings

true	原先的意思是「真正的、不虛假的、真實的」，主要強調客觀性，也可以指稱「忠誠的、虔誠的」。
faithful	表示因為誓言、職責或義務等，而抱持著始終不渝、忠貞不二的情感。強調任何情況都不足以改變此忠實。
loyal	通常效忠的對象為祖國、領袖、原則、事業，甚至是他人，被視為一種崇高而無私的美德，像是 a loyal citizen（忠貞國民）。

造句不NG　Example Sentences

⊃ true [tru] 形 真實的、忠誠的
I believe Dana is **true** to her friends.
我相信黛娜對朋友很忠誠。

⊃ faithful [ˋfeθfəl] 形 忠實的、忠誠的、忠貞的
Not everyone is **faithful** to their spouse.
不是所有人都對他們的配偶忠實。

⊃ loyal [ˋlɔɪəl] 形 忠誠的、忠心的
He swore to be **loyal** to his monarch all his life.
他宣誓一生效忠於他的君主。

圖解不NG

日常生活　學校職場　情感心智　社會萬象

UNIT 109

 小試不NG　QUIZ TIME

The dog is (true / faithful / loyal) to its master.
譯 狗忠於主人。

說明

true 主要是跟事實、真理有關，非編造或臆測的，當「忠誠、虔誠」解釋時，是指不論情況為何，一直對某人抱持著敬意與支持，或是對某種信念堅定不移而言。faithful 是指絕對的支持某個對象，這個對象可以是人、信念、誓言、職責等，強調任何情況都不會動搖與改變。loyal 意思上極近於 faithful，但效忠的對象以國家、領袖、君主、事業等為主，並有為其奉獻犧牲的覺悟，這種情況常見於騎士對君主的效忠等。本題是說狗對它的主人非常忠誠，帶有景仰、服從、絕對的信賴等意涵，而且通常不易動搖，因此 true、faithful、loyal 三者都可以使用。

理　解

understand / comprehend / know

I know 與 I understand 都是「我知道了」，兩者有何差別呢？

字義不NG　Essential Meanings

understand	表示徹底理解事實的意義、規律、合理性及關係，可以是一件事情的來龍去脈，或是一個事實。
comprehend	表示透過智力，透徹理解複雜的事物。
know	意指「知道、認識、聽說」，指直接了解某事物；也可表示「領會、懂得」，指通過體驗或傳授而獲得知識。know of 是指間接得知（例如聽他人提過、從書報上看過等）；know about 則指知道關於某事的情況。

造句不NG　Example Sentences

⊃ understand [ˌʌndəˋstænd] 動 懂得、熟諳、理解
Does your mother understand Hakka?
你媽媽懂客家話嗎？

⊃ comprehend [ˌkɑmprɪˋhɛnd] 動 理解、了解
Not every student comprehends Present Perfect Continuous Tense.
不是所有學生都懂現在完成進行式。

⊃ know [no] 動 知道、了解、懂得
I know nothing about the position you are applying for.
我對於你要應聘的職位並不了解。

圖解不NG

 小試不NG QUIZ TIME

Mary-Jane and I are twins, so we can (understand / comprehend / know) each other's thought without saying a word.

譯 瑪莉珍跟我是雙胞胎，我們不說話就能理解彼此的想法。

說明

understand 是指知道並了解事物的性質、運作方式、構造等一切資訊因而完全熟知，或是藉由密切而長期地接觸而了解某人的感受、經歷或處境，是一種深刻而完全的理解。comprehend 是指對事情有全面性的理解，通常需要用腦筋去歸納與判斷，側重的是了解的過程。know 是指透過學習、個人經驗或他人的傳授、告知等方式去了解，所知道的並非全部面向。本題是說雙胞胎不用說話就能彼此理解，應該是基於長期所培養出來的默契或是自身經驗等，understand 和 know 會比較貼切。

日常生活　學校職場　情感心智　社會萬象

UNIT 110

239

似 乎

seem / appear / look

看起來快下兩了，用哪個字都一樣嗎？

字義不NG　　Essential Meanings

seem	是指根據某些跡象或印象做出推斷，這種判斷貼近事實，後面可接不定詞或名詞子句。例如你看到一個女孩在哭泣，根據這個跡象你推斷她似乎很傷心，這種情況下，你就可以用 seem 來表達。
appear	側重外表上的印象，語氣上更不確定，這種判斷可能因為觀點或視覺受到扭曲，因此不一定和事實一致。appear 和 seem 一樣，後面可接不定詞或名詞子句當受詞。
look	表示視覺的印象，暗示該判斷和事實是一致的。

造句不NG　　Example Sentences

❍ seem [sim] 動 看來好像、似乎

It seems that Andrew does not like soda.

安德魯似乎不愛喝汽水。

❍ appear [ə`pɪr] 動 似乎、看來好像

It appears that our CEO will resign but I may be wrong.

我們的執行長好像會辭職，但可能是我多心了。

❍ look [lʊk] 動 好像、看起來

Jean looks as if she were ill.

琴看起來就像生病了。（但事實並不是）

圖解不NG

 小試不NG

Louisa (seemed / appeared / looked) unhappy. Maybe it was because she failed the contest.

譯 路易莎看起來並不開心。或許是因為她沒通過比賽吧。

說明

seem 是指根據某種觀察到的跡象、印象或是發現所做出的推測，可以是主觀的猜想或客觀的推斷，但較為貼近事實，主詞可以是人或 it。appear 比 seem 更正式，是強調外觀上給人的印象，但有可能因人而異產生不同的印象，而偏離事實，例如要說「他看起來似乎懂很多」，如果用 appear，則帶有「其實他懂得沒有那麼多」的意味。look 則強調由視覺所得到的印象，比如要說某人看起來年輕，這時就可以用 look。本題前後有因果關係，由於沒通過比賽因此「推斷」似乎不開心，或是因考試考不好而「臉色不好」，seemed 或 looked 會比較貼切。

空 的

vacant / empty / blank

會統學
▶ MP3 112

請在空白欄位上填上姓名與住址，為什麼不能用 vacant？

 字義不NG Essential Meanings

vacant	表示無人占用空間或無人在職的狀態，指廁所或座位是沒人使用的狀態，就用 vacant；如果使用中，就用 occupied 或 taken。此外也可描述人的心理有些心不在焉。
empty	表示內部什麼都沒有，不只空無一人，甚至空無一物。如果在描述人的心理，則有「空虛的」意思。
blank	通常指表面上沒有書寫跡象或是印刷痕跡，也可指土地未被占據。引申為指人臉上「面無表情的」。blank 可數名詞時是指「空白處」。

 造句不NG Example Sentences

❍ vacant [`vekənt] 形 未被占用的、職位空缺的、心不在焉的
I found no vacant seats on the bus.
公車上找不到空座位。

❍ empty [`ɛmptɪ] 形 空的、空虛的
The house was empty when I moved in.
當我搬進去時，房子裡空空如也。

❍ blank [blæŋk] 形 空白的、無表情的；名 空白（處）
That billionaire gave me a blank cheque and asked for nothing in return.
那位億萬富翁給我一張空白支票，而且不要求任何回報。

圖解不NG　Funny Illustration

小試不NG　QUIZ TIME

Excuse me. Is the seat taken or still (vacant / empty / blank)?

譯 不好意思,這個位置有人坐了嗎?

說明

vacant 是指沒人使用、利用、占用的狀態,像是座位、廁所、飯店房間、房子等如果無人使用或利用,就可以用 vacant 或 unoccupied,vacant position 是指這個職務目前沒有人做的意思。empty 則是指空無一物、空無一人、完全沒有任何東西在裡面的意思,如果說 the theater is empty,就是說劇院內空無一人。blank 則是紙張或頁面上沒有任何書寫或是印刷、紀錄的痕跡,處於空白的狀態,當然也能指牆面、螢幕上的留白、空白,或是腦筋一片空白、突然記不起任何事時。本題是在問有沒有人使用這張椅子的意思,因此要用 vacant 才行。

廣大的

vast / huge / wide

青青草原，放眼望去，一望無際，無比遼闊，應該怎麼說呢？

字義不NG *Essential Meanings*

vast	表示數字、尺寸、金額、數量的龐大，尤指面積或範圍的巨大，但不指體積或重量的巨大。
huge	語氣很強烈，表示體積巨大，例如 a huge giant（很龐大的巨人）。修飾抽象名詞時，指程度大，例如 huge profit（巨額利潤）。
wide	意思是「寬的、寬闊的」，指兩物間距離的寬度，引申為「範圍大的、廣泛的」。wide 可加表示數量的名詞構成形容詞片語，例如 ten meters wide（十公尺寬）。wide 也可作副詞用，用以形容某動作或行為的廣闊，例如 travel wide（雲遊四海）。

造句不NG *Example Sentences*

⊃ vast [væst] 形 廣闊的、大量的

There is an isolated house sitting on a vast wasteland.
一間獨立的房子座落在一片廣大的荒地上。

⊃ huge [hjudʒ] 形 龐大的、巨大的

A huge iceberg appeared out of nowhere. 一座巨型冰山憑空出現。

⊃ wide [waɪd] 形 寬闊的、廣泛的；副 大開地

Keep your eyes wide open before marriage, and half shut afterwards.
婚前張大眼睛，婚後睜一隻眼閉一隻眼。

圖解不NG Funny Illustration

小試不NG QUIZ TIME

What a (vast / huge / wide) desert it is! It's hardly to see its border.

譯 沙漠多遼闊啊！一眼望去看不到盡頭。

說明

vast 是指寬度、廣度或長度上的巨大，也就是面積、範圍或程度上很大的意思，形容知識這種抽象的廣闊也可以用 vast。wide 是指事物兩端之間的距離，多用於形容地理上幅度的寬闊，但程度上沒有 vast 來得大，像是形容河流、道路、峽谷、步伐等寬度就用 wide。huge 是三者中定義最為廣泛的字詞，凡體積、面積、規模、程度上的巨大，都可以用 huge，一般認知上，會認為 huge 是大而不是寬。本題是在描述沙漠的遼闊，沙漠應該是一望無際，看不見盡頭的感覺，因此 vast 比 wide 來得好。

日常生活　學校職場　情感心智　社會萬象

UNIT 113

勞 力

work / labor

會統學
▶ MP3 114

台灣勞力短缺，常常引進外籍勞工，與本勞形成惡性競爭，應該怎麼說？

字義不NG　Essential Meanings

work	是極為常用的字，含意很廣，作為「勞動、工作」解釋時，為不可數名詞，泛指各種勞動，不論難易度的區別。但當「作品、著作」解釋時，則為可數名詞。
labor	通常表示需要極耗體力或精神的工作，或者為了求生存而做的工作。作「勞工」解釋時，為可數名詞。

造句不NG　Example Sentences

➲ work [wɝk] 動 工作；名 勞動、著作、作品

It's huge **work** to build a skyscraper.

蓋一棟摩天大樓是很費力的事。

We don't encourage our employees to **work** overtime in our company.

我們公司不鼓勵員工加班。

➲ labor [`lebɚ] 動 名 勞動、勞工、工作、活計

His **labor** requires a great amount of skill.

他的工作需要極高的熟練度。

The union is on behalf of the **labor** to dispute about redundancy with the management.

工會代表勞方向資方抗議裁員問題。

圖解不NG

小試不NG

Due to shortage of (work / labor) force, many countries used to import human resources from the countries where people lived a poor life.

譯 由於勞動力短缺，許多國家曾輸入貧窮國家的人力資源。

說明

相對於 work，labor（英式拼法為 labour）定義比較侷限，一般會直接聯想到跟體力有關的活動，像是勞動、勞力、勞方、勞工等，常見用法有 child labor（童工）、day labor（零工）、labor dispute（勞資糾紛）等。work 用法較廣，體能或心力上的付出都可用，也有「工作、作業、事、作用」等意思，較大的區別在於 labor 可以指勞工，而 worker 才是「勞工、工人、工作人員」。因為勞動力缺乏，需要向落後的國家進口人力，labor force 或 work force 都可指稱勞動力，兩者皆可選。

日常生活　學校職場　情感心智　社會萬象

UNIT 114

成　功

victory / success / triumph

該用哪個字才能表達英雄凱旋而歸時的畫面呢？

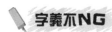 字義不NG　Essential Meanings

victory	主要表示戰爭、鬥爭或競賽中打敗對手獲得的勝利，側重艱辛與成功。
success	基本意思是「成功、成就、勝利」，表示達到預定的目標，例如財富、尊敬或名氣，此時為不可數名詞；也可作「成功的事或人」或「一次成敗」解釋，這時為可數名詞。
triumph	表示重大的勝利，著重勝利或成功帶來的喜悅。

 造句不NG　Example Sentences

⊃ victory [ˋvɪktərɪ] 名 勝利、戰勝、成功

The gladiator fought hard for the victory.

角鬥士為了勝利努力奮戰。

⊃ success [səkˋsɛs] 名 成功、成功的事、取得成就的人

Christina is considered a success as a singer but a failure as a mother.

克莉絲汀娜被認為是成功的歌手，卻是失敗的母親。

⊃ triumph [ˋtraɪəmf] 名 勝利；動 獲得勝利、凱旋

The school basketball team is celebrating its unprecedented triumph.

籃球校隊正在歡慶前所未有的大勝利。

 **圖解不NG** Funny Illustration

日常生活　學校職場　情感心智　社會萬象

UNIT 115

 小試不NG QUIZ TIME

After making a lot of effort to practice, they finally beat other tough rivals and won the (success / victory / triumph).

譯 在努力地練習後，他們終於打敗其他強勁對手，贏得勝利。

說明

victory 是指在比賽或戰爭中打敗對手贏得勝利的意思，通常伴隨高昂的情緒，有些人會比出 V 的手勢就是指 victory。triumph 指在經過一番努力、克服重重阻礙後所獲得的成功，側重於成功後所得到的極大喜悅。success 則是指完成一件長久以來一直努力想要達成的目標或狀態而言，也可指稱成功的人或事，不強調擊倒對手，只要達成自己設定的目標就算 success。本題是說經過一番努力後終於打敗對手贏得勝利，應該是強調比賽的勝利，所以先刪掉 success，而 triumph 通常搭配動詞 achieve，不符合本題所述，只能選 victory。

聰明的

smart / clever / wise

長輩要誇獎小孩聰明，該用哪個字比較不失禮？

字義不NG

smart	指思維能力很強、辦事巧妙，能圓滑地處理人際關係等，有時也帶有表面的或膚淺的色彩。和 clever 意思很相近，但更強調機靈。
clever	基本上是指人身體的靈巧、心靈上思維敏捷、足智多謀或「手巧」。強調能快速理解並正確掌握與應用所學的知識或技能，但並非有全面而妥善的思考。口語中，clever 有「小聰明的」的意思，略帶貶義。
wise	相對於聰明伶俐，比較偏向「有智慧的、英明的、有頭腦的」的意涵，意味著具有廣博的知識和豐富的經驗。

造句不NG

⊃ smart [smɑrt] 形 伶俐的、機警的、精明的
The new office boy doesn't look that **smart**.
新來的辦公室小弟看起來不怎麼機伶。

⊃ clever [ˋklɛvɚ] 形 聰明的、靈巧的、機敏的
Everybody thinks that my uncle is a very **clever** tinsmith.
每個人都認為我舅舅是很靈巧的錫匠。

⊃ wise [waɪz] 形 有智慧的、明智的、博學的
One cannot love and be **wise**.
愛情中無智者。

日
常
生
活

學
校
職
場

情
感
心
智

社
會
萬
象

 圖解不NG

 小試不NG QUIZ TIME

The boy who looks (smart / clever / wise) really does well in his academic performance.

譯 一臉聰明相的男孩他的學業表現確實優秀。

說明

smart是指一個人懂很多東西、考試考得好、具備思考或分析能力或反應優於一般人，也可以形容人的外表或穿著很得體、整潔、時髦等意思。clever最大的區別在於能快速將所學吸收並加以活用的意思，有善於變通、找出對應方法、思路敏捷等正面意涵，但也帶有小聰明、狡猾等意思，因此形容人時要特別注意。wise 是本身便具備豐富的學識與經驗，懂得用人生經驗或累積來的知識來解決問題、做出正確判斷。本題是說看起來聰明的那位男孩學業表現不錯，從外表來判斷一個人很聰明伶俐的感覺，只有smart有這個層面的意涵。

UNIT 116

No More Confusing Words
by Illustration

Chapter 4

社會萬象篇
Social Phenomena

落 下

fall / drop / descend

墜入情網與天下掉餡餅，兩種落下可以用同一個字嗎？

字義不NG　Essential Meanings

fall	fall當「落下」解時，指由於不明原因或失去平衡而無意識地落下而言，為不及物動詞。另外，也可引申指數量、價格、需要、程度等的下降、降低或減少。
drop	與 fall 均可指急速地向下墜落，可直可斜。drop 指物體由於重力從高處往下落，引申可表示物價的下跌。
descend	正式的書面用語，多用於文學語體中，可指物體向下降落，或是沿著表面斜度或斜坡而降，表示有意識地往下落。

造句不NG　Example Sentences

⊃ **fall** [fɔl] 名 動 落下、跌倒

The monster **fell** into the sea and they could never find it any more.

怪獸掉入海中，再也沒有蹤跡。

⊃ **drop** [drɑp] 動（使）落下、（使）掉下；名 點滴、落下

My husband always **drops** the dishes so he is barred from entering the kitchen.

我老公總是摔破盤子，所以他不准進廚房。

⊃ **descend** [dɪˋsɛnd] 動 下降、下傾、下斜

The trail **descends** to the swamp.

郊道下通到沼澤。

圖解不NG

 小試不NG

He lost his balance, so he (fell / dropped / descended) out of the ladder.

譯 他失去平衡，所以從梯子上摔了下來。

說明

fall 是指不受控制地、非自主地、突發地從高處往低處墜落的意思，是最普遍的字詞，落下的方式或高度均沒有限制，如樹葉落下、掉進河裡、降雪等都可以使用。drop 則是指由於地心引力從高處自由落下，帶有突發、急遽、猛烈的意味，如 oil price drops 就有猛然下跌的意思，但 oil price falls 則單純描述價格的下滑。descend 則是受控制地、能自主地沿著斜面或斜坡降落，沒有 fall 或 drop 那麼地突然或迅速。本題是說因為失去平衡而從梯子上跌落，是突發的、不受控制的狀態，但沒有垂直降落的意涵，因此選 fell 即可。

UNIT 118

旅 行

trip / journey / travel

想跟老媽說要去海外做「三個月的流浪之旅」，這時候該用哪個字才對？

字義不NG　Essential Meanings

trip	一般認知是指時間較短、距離較近的旅行，且旅行結束後還要返回原處。在英國 trip 指短距離的行程，在美國則指長距離的行程，如 a trip to the moon（到月球的行程）。
journey	是正式用語，側重指時間較長、距離較遠的單程陸上旅行，也指水上或空中的旅行，並不表示是否要返回出發地。
travel	泛指旅行的行為而不指某次具體的旅行，多指到遠方作長期旅行，不強調直接目的地，單複數均可。

造句不NG　Example Sentences

⊃ **trip** [trɪp] 名 旅行、遠足；動 絆倒

My family took a **trip** to the space museum last Sunday.

我們家上週日去太空博物館玩。

⊃ **journey** [ˋdʒɝnɪ] 名 旅行、旅程、行程

The **journey** from New York to Washington D.C. takes around 5 hours.

紐約到華府路程大約耗時五小時。

⊃ **travel** [ˋtræv!] 名動 旅行、遊歷

Allen's used to collecting refrigerator magnets on his **travels**.

艾倫有在旅途中收集冰箱磁鐵的習慣。

 圖解不NG

小試不NG

It's getting popular for families to have a two-day (trip / travel / journey) by RV on weekends.

譯 週末開著房車來個兩天的小旅行愈來愈受親子的歡迎。

說明

trip 通常是指從一處到另一處的短期旅行，因為時間短，所以目的地不遠，且最終仍會回到原出發地點，例如到某縣市出公差的商旅，就可用 trip。journey 則用於長期、長途的旅行，通常有數週或數個月之久，不一定要出國，只要是在目的地待一段長時間也可以用 journey。travel 的用法最廣，名詞或動詞都是強調旅行這個行為，也就是從一地到另一地旅行的這個概念，尤指出國旅行而言。本題是指家庭利用週末搭露營車做兩天一夜的旅行，雖然語意沒有特別指明，但應該是在國內四處郊遊而言，短期又短程，因此 trip 為最符合句意的答案。

日常生活　學校職場　情感心智　社會萬象

UNIT 118

257

改 變

change / vary / alter

女巫施咒讓王子變青蛙與餐廳每隔一個月變換菜單，都用一樣的字嗎？

 字義不NG Essential Meanings

change	三者當中最常使用的字，型態上的轉變或是指稱本質上的轉換，都可用 change 這個字。
vary	表示以某種特定的方式進行改變或修改，同時並不改變原本的特性或本質，像是樹葉隨著季節更迭而變換顏色，本質上仍是葉子，所以用 vary 來表示。
alter	表示從事某個細節或外表的變化，與本質上的改變無關。change 適用於的轉變可大可小，但 alter 則專指小修改，例如 alter clothes（修改衣服）。

 造句不NG Example Sentences

⊃ change [tʃendʒ] 動 改變；名 變化

As time went by, we both **changed**.

隨著時光流逝，我倆都已改變。

⊃ vary [ˋvɛrɪ] 動 變化

Vegetable prices **vary** considerably recently.

菜價近來波動劇烈。

⊃ alter [ˋɔltɚ] 動 改變

Technology development has **altered** how we do our work.

科技進步已經改變了我們工作的方式。

日常生活　學校職場　情感心智　社會萬象

UNIT 119

　圖解不NG　*Funny Illustration*

this summer　　　　this winter

　小試不NG　QUIZ TIME

The leaves of the tree have (changed / altered / varied) gradually since this summer.

譯 這棵樹的葉子從今年夏天開始就已經逐漸變化了。

說明

change 是指變得跟原物完全不同或是發生以新代舊的變化而言；alter 是指局部的、表面的變化，本質上並無改變；vary 則是指隨著時間而更迭，或是產生不規則的變化。樹葉由茂盛轉為稀疏，是一種表面上的變化、並隨著時間流逝而改變，因此本題可填 altered 或 varied。

欺 騙

cheat / deceive / trick

黑心廠商賣假油欺瞞消費者，哪個字可表示廠商的欺騙行為？

字義不NG　Essential Meanings

cheat	欺騙他人讓對方信以為真，或是以一種不誠實的方式在遊戲、競賽或是考試上獲得好處，外遇也可用此字來表示。
deceive	指為達到邪惡的目的而有意圖地採取不正當手段，如弄虛作假、顛倒黑白、編造騙局、設置圈套等手段進行欺騙，使某人信以為真。不能和 cheat 互換，因為 deceive 屬於惡意的欺騙。
trick	基本意思是「戲法、花樣」，引申用於貶義可指「不道德的手段、詭計、花招、騙術」；也可用於中性或褒義表示「訣竅、技巧」。

造句不NG　Example Sentences

⊃ **cheat** [tʃit] 動 **欺騙、作弊、出軌**

That jobless young man **cheated** an old lady of her savings.

那位無業青年騙走了一位老婦人的存款。

⊃ **deceive** [dɪˋsiv] 動 **欺騙**

I **deceived** him and I regretted a lot for that.

我欺騙了他，為此我深感後悔。

⊃ **trick** [trɪk] 名 動 **詭計、騙局、花招**

He'll be upset when he finds out you **tricked** him.

當他發現你欺騙了他，他會很生氣。

圖解不NG　*Funny Illustration*

小試不NG　*QUIZ TIME*

The student (cheated / deceived / tricked) on the test and was caught red-handed by the teacher.

譯 學生考試作弊，被老師當場抓包。

說明

本題關鍵在 test，考試作弊取得的分數並非靠自己努力而來，讓自己獲得不受處罰、受到稱讚等好處，用不誠實的方式獲得好處就用 cheat 這個字。deceive 則帶有不讓人看清真相、顛倒黑白的惡意欺騙；trick 則是計畫性地欺騙對方，也可能是帶有某種玩笑或娛人的成分。考試「作弊」是一種利己的行為、沒有惡意的、也不具玩笑成分，因此 cheated 為本題正解。

日常生活　學校職場　情感心智　社會萬象

UNIT 120

261

同　意
consent / agree

會統學
▶ MP3 121

我女朋友答應要嫁給我了，這麼值得高興的事，總不能用錯字吧？

字義不NG　Essential Meanings

consent	除了「同意」做某事之外，最主要的意思是「應允、允許」，表示允許對方做某件事，像是 mutual consent（雙方同意）、common consent（共識）。語氣較為婉轉，一般泛指口頭應允，後面只能接不定詞。
agree	意指兩方意見一致，使用範圍較廣泛，包括書面和口頭上的同意。agree with sb.表示「與某人看法、觀念一致」；agree to N.表示「同意或接受某事」；agree on / upon N.主要是「針對某個主題達成意見上的一致」。

造句不NG　Example Sentences

➲ consent [kənˋsɛnt] 動 名 **允許、同意**

I sincerely hope your CEO will **consent** to work with us.

我誠摯希望貴司執行長同意和我們合作。

➲ agree [əˋgri] 動 **同意、意見一致**

I don't **agree** with you on your career plan.

我與你在職涯規劃上的看法不一致。

The two parties haven't **agreed** on the Cross-Strait Service Trade Agreement yet.

兩政黨對兩岸服貿協議這個議題尚未達成共識。

 圖解不NG *Funny Illustration*

小試不NG *QUIZ TIME*

I wonder whether the girl (agreed / consented) to marry that guy or not.

譯 我想知道女孩是否同意嫁給那位男子。

 說明

接受求婚代表對求婚之事表示同意、允許或答應，而 agree 和 consent 在這方面意思相通，因此 agreed 和 consented 都是本題正解。

日常生活　學校職場　情感心智　社會萬象

UNIT 121

持 續

continue / persevere / persist

堅持理念與堅持己見，是一樣的用字嗎？

字義不NG *Essential Meanings*

continue	單純在指不間斷地進行某種動作，或繼續從事某個動作。後面可接不定詞或動名詞，意思不變。
persevere	含褒義，指不畏阻礙或挫折，堅持進行某動作、目的或想法，後面可接介系詞 in、at 或 with。
persist	不畏阻力或艱難，持續堅持某動作、想法或目的，其持續的時間比平常更久一些；有時帶有貶抑，指頑固地不聽勸告。persist 後面可接 in 或 with，再接名詞或動名詞，但 in 比 with 更常用。

造句不NG *Example Sentences*

⊃ continue [kən`tɪnjʊ] 動 繼續

The deluge **continued** all night.

暴雨持續了一整個晚上。

⊃ persevere [ˌpɝ·sə`vɪr] 動 堅持

In spite of no support from his family, Michelle **persevered** with her degree.

儘管沒有家人的支持，蜜雪兒仍然堅持攻讀學位。

⊃ persist [pɚ`sɪst] 動 持續、固執

I don't know why she **persists** in her unhappy marriage.

我不懂她為何苦苦守著她那不愉快的婚姻。

小試不NG QUIZ TIME

The strike (continued / persevered / persisted) all day long, and the protestants (continued / persevered / persisted) in gaining the response from the management.

譯 罷工持續一整天，抗議群眾堅持要資方給個交代。

說明

雖然三者的動作都含有「持續」的意思，但其實有明顯的差異。continue 單純是指持續一段時間而不間斷，不帶有任何情緒或褒貶意涵；persevere 是指在將某項意志、信念或目標貫徹到底之前，絕不停止地持續著，本身有積極的面向；persist 雖然也是堅持的意思，但行為卻帶有非理性的、執拗的、一意孤行的意味。罷工持續一整天是中性的描述，用 continued；抗議群眾堅持要得到資方的回應才肯作罷，帶有非理性的堅持，因此用 persisted。

國　家

country / nation / state

常聽別人說：「我愛我的國家」，應該用哪個字表達呢？

 字義不NG　Essential Meanings

country	指的是具有統治實權的政治實體，通常是指含有國土或疆域的具體存在。如果要說「新加坡是個小國」，就可以判斷要用 country。
nation	指的是由單一獨立政府所統轄的一群人，具有相同的文化，著重在形容國民或民族，是較為抽象的概念。
state	在美國，字首大寫的話，是指一個擁有領土、主權等構成國家要素的具體存在，但側重於政體、政府。小寫的話則作「州」解釋。

 造句不NG　Example Sentences

⊃ country [ˋkʌntrɪ] 名 國家、鄉下

As a flight attendant, Norman has visited many countries for many years.
作為空服員，諾曼多年來造訪過許多國家。

⊃ nation [ˋneʃən] 名 國家、國民、民族

The new president will speak to the whole nation about his new energy policy. 新總統將針對他的新能源政策對全國發表演說。

⊃ state [stet] 名 國家（美式用法）、（美國的）州

An independent state must be recognized by other countries and have sovereignty.

一個獨立的國家需被國際認同以及擁有主權。

 **圖解不NG** Funny Illustration

小試不NG QUIZ TIME

There is a slogan saying "We love our (nation / country / state)" on the T-shirt.

譯 T 恤上寫著「我愛我的國家」的口號。

> **說明**
>
> 基本上本題考的是一個慣用語、一個常見觀念，country 是指一個
> 具體的政治實體，是由擁有共同文化、信仰、語言與行為規範的
> 人民所組成，擁有主權與領土，常常作為個人祖國、家園的代稱，
> 因此要表達對自己國家的熱愛就要用 country。nation 主要以民族
> 為中心，較不具有領土、疆界、地域等具體概念；state 通常指稱
> 的是政府或政體。因此本題最佳的答案為 country。

治 療

cure / heal / treat

我的心碎了，該用哪個字治療呢？

字義不NG Essential Meanings

cure	指使人恢復健康而進行的治療行為，多用在疾病上，且帶有已經治癒的意思。另外當名詞作「解藥」解釋，cure-all 是「萬靈藥」的意思。
heal	也是使人恢復健康的意思，但較偏重自然痊癒、傷口的癒合等，而非疾病上的治療，例如要說「癒合骨折」，骨折是傷口而非疾病，就用 heal。
treat	此字用法最為廣泛，表示接受治療並診治病人。包括對傷口、病人進行診斷，制定治療方案、開藥方等，主要強調診治的過程。

造句不NG Example Sentences

◯ **cure** [kjʊr] 動 治癒；名 治療、療法、藥
Cliff's kidney failure was **cured** under the doctor's patient care.
在醫生耐心的照料下，克里夫的腎衰竭治癒了。

◯ **heal** [hil] 動 治癒
He went back to school after his knee **healed**.
他膝傷痊癒後便回校上課了。

◯ **treat** [trit] 動 醫療、治療；名 請客、樂事
Cancer is difficult to **treat**.
癌症很難治療。

The dentist is (treating / curing / healing) the decayed tooth.

譯 牙醫正在治療蛀牙。

說明

如果能判斷 decayed tooth（蛀牙）是屬於傷口還是疾病，就能選出正確的答案。treat 是治療這個動作，本身不含治癒的意思，而 cure和 heal 則有完成治療、得到治癒的意涵，但 cure 治癒的對象通常是疾病，而 heal 治癒的對象則多是傷口或外傷。由現在進行式來判斷，牙醫正在「治療」蛀牙，非「治癒」蛀牙，因此只能用treating。

日常生活　學校職場　情感心智　社會萬象

UNIT 124

危 險

danger / hazard / risk

前方有小孩衝出車道，這時大喊「危險」要用哪個字？

danger	一般所指的「危險」都可以用這個字，不論輕微或嚴重，只要是有受到傷害的機率或風險，都能用。常見用法 in danger 是「處於危險中」的意思。
hazard	較正式的用語，指生理上可能遭受傷害的危險，像是暴露於危險的工作環境中，因而造成身體傷害的危險。常見用法有 by hazard（偶然地），知名電影上可學得 biohazard（生化危機）一詞。
risk	是「冒險、風險」的意思，一般指難以預料的危險，尤其是主動進行某種活動或去碰運氣所做的冒險。

➲ danger [ˋdendʒɚ] 名 危險

He is in **danger** of weakening his immune system if he keeps overworking.
如果他繼續超時工作，他的免疫系統有衰弱的危險。

➲ hazard [ˋhæzɚd] 名 危險

Few people are aware of the **hazards** of drunk driving.
很少人意識到酒後開車的危險性。

➲ risk [rɪsk] 名 危險、風險

Investors in Central Asia have to face political **risk**.
中亞的投資者必須面臨政治風險。

圖解不NG

 小試不NG

Smoking is known for its health (danger / hazard / risk), so quit it.

譯 抽煙對健康的危害眾所皆知,所以戒了吧!

> **說明**
>
> 對身體或健康造成危害的危險,基本上要用 hazard。danger 則用
> 於一般常見的情況,像是遇到車禍、路面結冰、攀岩、罪犯等情
> 況下,就能用 danger 表達情況的危急。risk 是指發生危險的可能
> 性,並非危險本身,明知道有危險,依然要涉險而為,除了人身
> 安全,也可用於財產損失方面,例如投資上的風險。抽煙會對身
> 體健康造成危害,所以 hazard 最貼切。

日常生活　學校職場　情感心智　社會萬象

UNIT 125

減 少
decrease / reduce / decline

減少支出、減少輻射量與出生率降低，都用同一個字嗎？

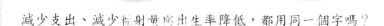 字義不NG　Essential Meanings

decrease	是指數目、數量上變小，或是強度的降低，屬於漸進式的減少，強調減少的過程，及物或不及物都有「減少、降低」的意思。
reduce	指數量、程度、尺寸、強度的降低或減少，引申為級別、地位或經濟條件的降低，通常是用及物動詞的形式來表現「減少」。
decline	漸漸變少、變差或是變低，有往下傾斜的感覺，主要有「下降、衰退、式微、傾斜」的意思，當此類意思解釋時，只能當不及物動詞。

 造句不NG　Example Sentences

⊃ **decrease** [`dikris] 名 減少；[dr`kris] 動 減少
The sales number of that Taiwanese phone maker has been **decreasing**.
那家台灣電話製造商的銷售量一直衰退中。

⊃ **reduce** [rɪ`djus] 動 減少、縮小、降低
The government failed to **reduce** the wage gap.
政府遲遲無法降低薪資差距。

⊃ **decline** [dɪ`klaɪn] 動 名 下降、下跌、減少、衰退、衰落
The inflation rate **declined** to 2 percent last year.
去年的通貨膨脹率降至百分之二。

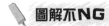

日常生活　學校職場　情感心智　社會萬象

UNIT 126

小試不NG　QUIZ TIME

I used to have a weekly allowance of 500 dollars, but now I only have 100.
My allowance has (decreased / reduced / declined) sharply.

譯 我以前每個星期有五百元的零用金，但現在只有一百元。我的零用錢銳減。

說明

如要說人口數減少、價格下降、次數減少等，可以用 decrease 來表示，零用金額從五百元減少為一百元，是數字上的變化，故可以用 decrease。reduce 當及物動詞時，才能作「減少」解釋，但由本句動詞位置判斷為不及物動詞，故不選。decline 則是有慢慢消退、減少的意思，雖然可當不及物動詞，卻不符合本題意旨，故正解只有 decreased。

缺 點
defect / flaw / fault

毛孔粗大算是瑕疵還是缺點，這是個好問題！

 字義不NG *Essential Meanings*

defect	指出現了某種毛病或問題，使該事物無法正常地或正確地運作，比較偏向一般或較輕微的缺點，例如「產品缺陷」，就可用 defect。
flaw	指的是「缺陷、瑕疵」，影響事物完美性或完整性的要素，像是「觀點上的謬誤」就要用 flaw。
fault	用於人時，fault 多指道德、性格、心智狀態、情緒、行為或習慣中的「缺點」；用於物時，則指功能方面的缺陷。

 造句不NG *Example Sentences*

⊃ defect [dɪˋfɛkt] 名 缺陷

Procrastination is not his chief **defect** but is the most annoying one.
拖拖拉拉不是他主要的缺點，卻是最煩人的一點。

⊃ flaw [flɔ] 名 瑕疵

I see no **flaws** in his term paper.
在他的學期報告中，我挑不出什麼毛病。

⊃ fault [fɔlt] 名 缺點、毛病、缺陷

His **faults** did not stop me from loving him.
他的缺點無法阻止我愛他。

圖解不NG *Funny Illustration*

小試不NG *QUIZ TIME*

He is really manly, but the only (defect / fault / flaw) he has is that he is scared of roaches.

譯 他真的很有男子氣概，但唯一的缺點就是怕小強。

說明

flaw 指的「瑕疵、缺點」主要是讓東西看起來不完美，但不至於影響該東西正常地運作。而 defect 則指人性格上的缺點、事物的缺點，或是身體上的缺陷等等，因此有可能造成功能無法正常或正確地發揮。fault 適用範圍較廣，除了人性格上的缺點、東西的瑕疵，還包含會被責備的失誤、過錯等。本題主詞一切都很好，唯一的「缺點」只是害怕蟑螂，整體上不會影響這個人的品性、為人或其他技能，所以選 flaw。

UNIT 128

延 後

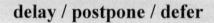

delay / postpone / defer

飛機因為起大霧而延後五分鐘起飛，該用哪個字呢？

字義不NG　Essential Meanings

delay	泛指某件事要在預定時間內完成，卻因某種原因而遭到耽誤、無法完成，帶有負面的意涵，例如停電造成音樂會的延遲，就用 delay。
postpone	正式用詞，語氣稍強，是把某種事由原本預定好的時間有計畫性地延到後來的時間辦理，並無負面的意味，一般會用 to、until、till 引出更改後的日期。
defer	正式用詞，語氣強於 postpone，是指使行動、活動或進程推遲到較晚時間，一般強調有意地推遲。

造句不NG　Example Sentences

⊃ **delay** [dɪ`le] 動 耽擱
The malfunction **delayed** the flight for three hours.
故障讓航班耽誤了三小時。

⊃ **postpone** [post`pon] 動 延後
The presentation is **postponed** to next Monday.
簡報延到下週一。

⊃ **defer** [dɪ`fɝ] 動 推遲、使展期
Can we **defer** this decision for two more weeks?
我們可以再推遲兩個星期再下決定嗎？

 **圖解不NG** *Funny Illustration*

	SUN	MON	TUE	WED	THU	FRI	SAT
20XX **9**		1	2	3	4	5	6
	7	8 dinner with Mr.Big	9	10	11	12	13
	14	15	16	17	18	19	20
	21	22	23	24	25	26	27
	28	29	3				

小試不NG *QUIZ TIME*

Since Mr. Big has something important to do on Monday, why not (postpone / delay / defer) your dinner date to next Tuesday?

譯 既然大人物星期一有要事要處理，何不把晚餐的約會延到下週二？

說明

postpone 是經過考慮或有計畫性地讓某項既定安排或規劃延後的意思，而且經常已訂出改期的時間。delay 有「延後、延期、耽擱」的意思，是指預料外的意外打斷了既定的行程，讓計畫無法順利進行，因此有時候帶有不滿、無奈、抱怨等語氣。defer 意思上更為強烈，有主動用建議或提議的方式將既定行程往後推延的意圖與作為。本題用 why not 引導出將晚餐的約會改期，持中性的語氣，因此 postpone 和 defer 較恰當。

日常生活　學校職場　情感心智　社會萬象

UNIT 128

不同的

different / varied / diverse

民主就是接納各種不同的人種與讓他們發聲的權益,該用哪個字呢?

 **字義不NG** *Essential Meanings*

different	指在型態、品質、數量或特性上的不同,例如要說「針對相同目標但使用不同的工作模式來達成」,就可以用 different。
varied	是指某件事物具有各式各樣的型態或變化,像是要說「各種動機促使人們來學英文」,就可用 varied。
diverse	是指兩種或兩種以上的事物彼此之間是迥異、截然不同的,例如「移民造成的文化差異」就能用 diverse。

 **造句不NG** *Example Sentences*

⊃ **different** [`dɪfərənt] 形 **不同的**
Men and women are equal but **different**.
兩性是平等的卻又有所不同。

⊃ **varied** [`vɛrɪd] 形 **多變的**
A large number of **varied** moods complicated social interaction.
很多各式各樣的情緒讓人際互動變得複雜。

⊃ **diverse** [daɪ`vɝs] 形 **多元的**
He is interested in **diverse** fields.
他的興趣很廣泛。

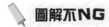 **圖解不NG**

小試不NG

There are (varied / different / diverse) kinds of shoes in the closet, sneakers, sandals, slippers, high-heels, jogging shoes, boots, you name it.

 櫃子內有許多不同的鞋款，運動鞋、涼鞋、拖鞋、高跟鞋、慢跑鞋、靴子，你說得出來的都有。

> **說明**
>
> varied 是指某件事物有許多不同的型態或變化，而 different 則是著重在事物間的「區別」，強調個體的差異和特殊性，有時候也可以形容某個人事物與眾不同。diverse 是指包含了不同種類的人事物，比方說，一間大學內有來自不同國家的留學生。本題主要在強調鞋櫃內有各式各樣不同款式的鞋子，用 varied 比較合適。

分　開

divide / separate / split

我們的愛如此堅定，沒有人可以將我們分開，該用哪個字好呢？

字義不NG　Essential Meanings

divide	是指將一整體分成若干部分或團體，分開的對象通常帶有某種統一性，例如按性別、年齡進行分組。「divide A into ＋數字＋成分」是指「將 A 分成……成分」之意。
separate	表示把兩個原來靠在一起或連在一起的個體分開，其句型為「separate A from B」。separate 也可以當形容詞，有「個別的」的意思。
split	通常指強硬地分成約略兩個或兩個以上的部分。

造句不NG　Example Sentences

⊃ **divide** [dɪˋvaɪd] 動 劃分

The manager **divided** his subordinates into 3 sales teams.

經理把他的下屬分成三個業務小隊。

⊃ **separate** [ˋsɛpəˌret] 動 分隔、使分離

Different words should be **separated** by a space or a comma.

不同的字要用空格或逗號隔開。

⊃ **split** [splɪt] 動 使分裂、把……劃分

This beach is **split** into areas that allow dogs to walk and those that do not.

這片海灘被分成可以遛狗和不可以遛狗的區域。

圖解不NG Funny Illustration

小試不NG QUIZ TIME

The students are (divided / separated / split) into three groups. There are one boy and one girl in every group.

譯 學生們被分成三組。每一組都有一位男孩與一位女孩。

說明

be divided into 和 be split into 都有被劃分為數個部分的意思，split 通常用於粗略地劃分，而題目中指出每個小組中各有 1 名男孩與 1 名女孩，顯見依某種程度的條件來劃分，因此 divide 比較合題意。separate 是指將某一部分從原生部分分離出來，常跟 from 搭配，因此不合句意。

日常生活　學校職場　情感心智　社會萬象

UNIT 130

錯　誤

error / mistake / fault

這不是我的錯，要怎麼說才對？

字義不NG Essential Meanings

error	error 和 mistake 都是「由於錯誤的判斷、忽視或忽略而造成的錯誤行為」，但是 error 通常比較嚴重，泛指起因於計算錯誤或判斷錯誤所導致的誤差，也比較正式。
mistake	程度上比較輕微，偏重於一般人會犯的錯誤，基於無心或不注意而犯下的失誤，較為口語化。
fault	主要指「毛病、缺點」，表示具體的「錯誤、缺陷、故障」時，為可數名詞；泛指抽象的「過失、過錯、責任」時，則為不可數名詞。

造句不NG Example Sentences

⊃ error [`ɛrɚ] 名 錯誤、失誤、差錯

I found a critical **error** in her calculation.

我發現她的計算中有個嚴重的錯誤。

⊃ mistake [mɪ`stek] 名 錯誤；動 弄錯、誤解

We should never jail ourselves in the **mistakes** of our past.

我們不應該將自己困在過去的錯誤裡。

⊃ fault [fɔlt] 名 缺點、毛病、錯誤

It is not your **fault** that we lost this game.

這場比賽輸了，不是你的錯。

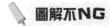 **圖解不NG** ~~Funny Illustration~~

 小試不NG ~~QUIZ TIME~~

Dominic made several (mistakes / faults / errors) in his quiz that he shouldn't have made, so he was scolded badly by the teacher.

譯 多明尼克在小考上犯了許多不該犯的失誤，所以被老師嚴厲斥責。

說明

mistake 是指人為上的不正確判斷或基於粗心或不注意而犯下的錯誤而言，例如拼字錯誤，make mistakes 指的就是「犯錯」。error 的語氣較嚴肅，除了判斷或計算上的錯誤導致的誤差外，也常見於科技類型的領域中，像是輸入錯誤密碼（password error），搭配動詞 make、commit。fault 則是一種會遭人指責的失誤、過錯、過失，搭配的動詞為 have。因為沒有特別提到是哪種測驗，所以 mistakes 和 errors 都可以。

日常生活 學校職場 情感心智 社會萬象

UNIT 131

相　信

faith / trust / belief

會統學

MP3 132

要說某人行事光明磊落，為人值得信賴，該用哪個字才對？

字義不NG Essential Meanings

faith	為「信念、信仰」之意，和 trust 類似，但是 faith 是指「完全」相信某個對象而言，這個對象通常是指形而上的人，例如上帝，或是肉眼見不到的事物。
trust	是「信賴」的意思，意指可以依賴某個人的程度，和 belief 以及 faith 相似。trust 可以當名詞或動詞，但另外兩者僅能做名詞。
belief	有「相信、信念」之意，依據過往的經驗和資訊等，相信某個論點或現象的真實性，或對於某人或某物是對的或是正確的有著強烈的信心。

造句不NG Example Sentences

⊃ **faith** [feθ] 名 信念、信仰
My mother always has faith in me.
我母親總是對我抱有信心。

⊃ **trust** [trʌst] 名動 信任、信賴
I do not trust our new school principal.
我不信任我們的新校長。

⊃ **belief** [brˋlif] 名 相信、信任
It's my belief that aliens do exist.
我深信外星人真的存在。

圖解不NG Funny Illustration

小試不NG QUIZ TIME

Ghosts exist as well as God. Mei has (belief / faith / trust) in that.

譯 鬼跟上帝都是存在的。小美對此深信不疑。

說明

belief是對某個認知抱持全然認同的態度，從經驗、資訊等經過理性分析後所得出的結論，因此會隨著時間而調整或變動。faith 除了要有belief，還需要去執行這個信念的動作與全然的信心，宗教上就很常用 faith，基督徒相信上帝的存在（belief），施行受洗、上教堂禮拜等儀式（action），對聖經內容深信不疑（confidence），構成了 faith完整的概念。trust則是對於某人的品性具有絕對的信賴和信心，打從心底認同對方的為人，沒有絲毫質疑的空間。Mei 相信鬼神的存在，應該只具有相信、但沒有驗證的具體行動，也並非出於信賴，只能選 belief。

日常生活　學校職場　情感心智　社會萬象

UNIT 132

285

受 傷

injure / wound / hurt

切菜切到手受的傷與被誤會感到受傷,該用什麼字表達好呢?

字義不NG　*Essential Meanings*

injure	動詞,意思是「傷害、損害」,指身體上遭受的任何傷害或損害,包括撕裂傷或扭傷,在程度上比較嚴重,通常是意外或是打架所造成的結果。
wound	當動詞時,意為「使受傷」,是指受到武器特別像是刀槍類的武器所造成的傷害。也可當名詞,作「傷口」解釋。
hurt	泛指身體或心理上所造成的疼痛感,受傷的程度不論輕微或嚴重都可以,也可以用來描述感情上的受傷。

造句不NG　*Example Sentences*

⊃ injure [`ɪndʒɚ] 動 傷害、損害、毀壞

Several people were **injured** in the traffic accident.

在這次交通事故中有好幾個人受傷。

⊃ wound [wund] 動 使受傷、傷害; 名 傷口

He was mortally **wounded** in the battle.

他在戰役中受了致命傷。

⊃ hurt [hɝt] 動 使受傷; 名 創傷; 形 受傷的

Samantha is really **hurt** for she's just broken up with her fiancé.

珊曼莎因為剛與未婚夫分手而大受打擊。

圖解不NG Funny Illustration

 小試不NG QUIZ TIME

Joyce (injured / hurt / wounded) her finger when using the paper cutter.

譯 喬伊思在用裁紙刀的時候割傷了手指。

說明

wound 指的是用刀、槍等器械劃傷、割傷皮膚的肉體傷害，抑或像是暴力、意外或是手術等造成身體上的撕裂、割破，可當動詞或名詞，且多用於被動形式。injure 可用於人或事物，是指對身體造成傷害或是造成健康的損失，比較不拘於任何形式的受傷。hurt是指造成自己或他人痛苦或受傷的行為，影響的範圍可以是身體或是心理層面，另外，hurt 也可以指疼痛、傷害本身，因此 hurt 可以當動詞、名詞或形容詞。本題提到使用裁紙刀時弄傷手指，這時候若要強調是由刀子所弄傷必選 wound，但是如果只是要表達弄傷手指這個概念，injure 和 hurt 也適用。

UNIT 134

垃圾

junk / trash / garbage

儲物間裡的那些東西，丟了可惜，不丟又占空間，該如何形容這些物品呢？

字義不NG　　*Essential Meanings*

junk	指「廢棄或不用的舊物」，諸如玻璃、抹布、廢紙或破銅爛鐵等不要的物品，可能還有回收再利用的價值。junk food 是指「垃圾食品」。
trash	是常見的美式用語，意思是「廢物、垃圾」，指一個人丟棄的無用物品之總稱，例如落葉、掉落的樹枝、塑膠品或碎玻璃等。
garbage	亦為美式用語，主要指有機廢料，包括廚房的剩菜剩飯或不能再用的食物。也可引申為無用或品質低劣的東西。

造句不NG　　*Example Sentences*

○ **junk** [dʒʌŋk] 名 廢棄的舊物
Your **junk** is all over the table. 整個桌子上都是你的破爛。

○ **trash** [træʃ] 名 廢物、垃圾
There is less **trash** on the New York subway now than before.
跟以前相比，現在紐約地鐵中的垃圾比較少了。

○ **garbage** [ˋɡɑrbɪdʒ] 名 垃圾、剩菜、廢物、廢話
The smell of the **garbage** is so intolerable.
垃圾的臭味真讓人難受。

圖解不NG　Funny Illustration

小試不NG　QUIZ TIME

Would you please clean up the (junk / trash / garbage) in the storeroom? They have been there for quite a long time and stayed untouched.

譯 可以請你清一下儲藏室的那些廢棄物嗎？它們放在那積灰塵已經有好長一段時間了。

> junk 是用過的、被丟棄的，但有再被回收利用的可能性的物品。junk food 是指含有高熱量但營養價值低的食物，屬於沒有進食價值的食物。trash 則是完全沒有再利用價值、不想要或品質低劣的東西，trash 可以指人是「無用的人、廢物」，或是所說的話是「廢話、謬論」。garbage 跟 trash 類似，但還有「廚餘或剩菜」的意思。trash 和 garbage 都是丟掉也不覺得可惜的東西，而 junk 則還有一點點價值，故本題應選 junk。

公正的
just / fair / right

小時候我覺得媽媽不公平，老是要我禮讓弟弟，該用哪個字才對？

字義不NG　Essential Meanings

just	當形容詞解釋時，意為「正義的、正直的、公平的」，就廣義上來說，是賦予某人其應得的權益。just 著重在是否符合法律。
fair	意思是「公正的、公平的」，在三者中最為常用，泛指對於不同的人毫無偏見。所以，我們常說 Life is never fair.（人生是不公平的。）政府應該提供平等的機會給所有的國民，以符合 social justice（社會正義）。
right	意為「正當的、正義的、正確的」，著重在形容符合道德標準的行為，或是合乎事實或邏輯的行為。

造句不NG　Example Sentences

⊃ just [dʒʌst] 形 正義的、正直的、公平的

This guy who used to be very popular does not seem to be a just man.

這位曾經很受歡迎的傢伙，似乎不是公正的人。

⊃ fair [fɛr] 形 公平的、誠實的

It is not fair to say that I spent all of your money!

說我用光了你的錢，這並不公平！

⊃ right [raɪt] 形 正當的、對的、正義的

You are right to refuse the bribery.

你拒絕賄賂是對的。

圖解不NG Funny Illustration

小試不NG QUIZ TIME

My big brother can have the larger piece of cake, but I can only have the smaller one. I don't think it is (just / fair / right).

譯 我哥可以吃比較大塊的蛋糕，而我只能拿小的。我認為這樣不公平。

說明

just 是從 justice（正義、司法、公平）衍生而來，除了合乎道德上的正確、良善與合理外，也強調法律上的公平與平等。fair 有許多含意，像是「晴朗的」天氣、「白皙的」皮膚、「金色的」頭髮，或是「美麗的」女子，而當「公平、公正」解釋時，是指一視同仁，沒有任何徇私或偏見，或是符合社會大眾可接受的觀念。right 則偏向道德或社會的認同，要依據事實或真理來行動，具有是非對錯的意涵。本題是在抱怨分配的不公平，跟司法上的公平正義或是道德的是非對錯無關，因此用 fair。

保 持
keep / hold / retain

聽到前女友結婚的消息，他便一直維持那個狀態，動也不動，應該怎麼說？

字義不NG　Essential Meanings

keep	泛指長期或永久地保持在某種狀態中，或是持續做某動作，也有讓某物維持在某個地點或某種狀態中的意思。後面可以接形容詞或 Ving，或是先接受詞再接形容詞或 Ving。
hold	意思是「擁有、握有、持有」，除指持續持有某物的控制權外，還可用來表示保持運動項目類的紀錄，例如 hold the record（保持紀錄）。
retain	意思是「保留、保持」，泛指持續地擁有，尤其針對面對可能喪失所有權的情境。

造句不NG　Example Sentences

⊃ **keep** [kip] 動（長期或永久地）持有、保持

We received a few offers but decided to **keep** the house.

我們收到了一些出價，但還是決定要留下這棟房子。

⊃ **hold** [hold] 動 擁有、握有、持有

Christ Evans from England **holds** the fast walk record.

來自英國的克里斯・伊凡斯保有快走紀錄。

⊃ **retain** [rɪˋten] 動 保留、保持

I **retain** a clear memory of my unhappy school life.

我對於我那不愉快的學校生活記憶猶新。

圖解不NG *Funny Illustration*

 小試不NG QUIZ TIME

It's my hobby to (keep / retain / hold) these used movie tickets.

譯 收集電影票根是我的嗜好。

說明

keep當「持有」解釋時，是指持續地擁有或拿著某項物品的意思，不會將該物品歸還、賣掉、遺失、送人或丟棄；當「保持」解釋時，是指持續地維持在某一個特定的狀態、條件或位置上。retain 的「持有」也是指持續地擁有或使用某項物品，或是讓某人留在某個職位上而言。hold 本意是用手拿著，抓住的對象多為具體的存在，例如 hold a gun（持槍），除了「握住、捉住」之外，也能指稱將某人或某物保持在某一特定的地方或姿態。本題說保留票根是個人嗜好，應該是將票根視為留念意義，此處用 keep 好於 hold。

UNIT 136

UNIT
137

殺　害

kill / slaughter / murder

殺人、殺動物和殺時間，三者用法可以通用嗎？

字義不NG　Essential Meanings

kill	常作動詞使用，意思是「殺死」，泛指有意或無意地造成某人或動物的死亡。此外，也可以表示「消磨」時間，寫成 kill time。
slaughter	可當動詞及名詞，通常指宰殺動物以供食用，或是進行大量殘忍地屠殺。manslaughter 在法律上是指「過失殺人或一般殺人罪」。
murder	可當動詞及名詞，意思是「謀殺、謀殺罪」，表示具有殺人意圖所進行的殺害動作，常見用法有 serial murderer（連續殺人魔）。

造句不NG　Example Sentences

➲ kill [kɪl] 動 殺死、宰；名 屠殺、獵獲物

My husband was **killed** in a car crash last year.

我老公去年死於一場車禍中。

➲ slaughter [ˋslɔtɚ] 動 名 殺戮、屠殺、屠宰

Millions of Jews were **slaughtered** in World War II.

二次世界大戰期間，數百萬名猶太人遭到屠殺。

➲ murder [ˋmɝdɚ] 動 名 謀殺

The police found out the teenager who **murdered** a baby in the stroller.

警方找到殺害嬰兒車內嬰兒的那位少年。

圖解不NG Funny Illustration

小試不NG QUIZ TIME

After investigating the crime scene, the police inferred that the victim had been (killed / slaughtered / murdered) by someone else.

譯 調查犯罪現場後,警方研判死者遭到他殺。

說明

kill 是指奪去人類或動物生命,使其死亡的行為,任何形式所造成的死亡都可以用 kill 這個字。slaughter 是指為了取得食用肉品而宰殺牲畜的行為,也可用於慘忍地殺害大量人群、屠殺人群的意思。murder 是指有預謀的殺害,對象必須是人。本題是指「被其他人殺害」,所以表示屠殺或宰殺的 slaughter 並不適用,若要強調預謀殺人就用 murder,若單純指稱被人殺死就用 kill。

建　造

make / build / construct

造鐵路、造船、造大廈，都用一樣的字嗎？

字義不NG　Essential Meanings

make	用途非常廣泛，有「做、製造、建造、使得、構成」等意思。如果要表示把某物體變成某種狀態，或把 A 物變成 B 物，就能用 make。
build	表示將零件或材料依照流程逐步結合在一起，強調體力勞動，可以用於製造小玩具或蓋房子的大物體。此外，build 也可強調一點一點的努力，以達成某種目的，意為「建立、發展」。
construct	表示將某件複雜物體的零件或材料組合在一起，尤其專指馬路、橋梁、機器或建築物，著重於腦力構思的付出。

造句不NG　Example Sentences

⊃ make [mek] 製造、建造

A smart phone is made up of various components.

智慧型手機由各種零件所組成。

⊃ build [bɪld] 動 建築、造、建立、發展

He is planning to build a house with wood. 他正打算用木頭來蓋房子。

⊃ construct [kənˋstrʌkt] 動 建造、構成、創立（學說等）

It will take a decade to construct this shopping mall.

建造這座購物中心要花十年的時間。

圖解不NG

 小試不NG

(Constructing / Making / Building) a house makes a lot of noises. That quite bothers the neighborhood.

譯 蓋房子會製造出很多噪音。那樣很干擾左鄰右舍。

說明

build 是指將零件或材料組合在一起以成為一體的過程，例如造房子、造飛機、築巢或造橋等等；另外也可以指逐漸地形成或發展理論、計畫等。construct 是比較正式的用法，除了指建造、構成一個具體的建築物外，也可以用於創立學說、建立組織、造句、構字、建構想法等用法上。make 用法極廣，視情況而有不同的含意，其中有「做、製作、建造」的意思，小如玩具大至馬路，都可以用 make 來表示。本題是指「建造」房子會產生很多噪音，可以用 construct 或 build 來表示，而 make a house（造房子）會讓人先聯想到製作紙房子或模型，不建議在此使用。

日常生活　學校職場　情感心智　社會萬象

UNIT 138

UNIT 139

會 統 學

MP3 139

方法

method / way / manner

成功的方法與賺錢的方法，兩種說法相同嗎？

字義不NG Essential Meanings

method	意指達成某種目標所採取的抽象方法或具體過程，特別是指較為細部的、有邏輯、系統性的方式。
way	表示執行的方式或事情發生的過程，配合介系詞 in 來表達方式或手段，例如 in my way（照我的方式）。如果 way 前面有 this 或 that，可省略 in，但放在句首時不能省略。
manner	指一個人做事的方式和從一些具體動作上表現出來的特徵，例如 in this manner（依照此方式）中的 manner 表示「方式」，只能用單數；manners 則是「禮貌、舉止、風俗」之意。

造句不NG Example Sentences

➲ **method** [ˋmɛθəd] 名 **方法、辦法**

An innovative teaching **method** is adopted.

一項創新的教學法被採用了。

➲ **way** [we] 名 **方法、方式**

I tried to please you in every single **way** but I failed.

我試盡每一種方式來取悅你，卻還是失敗了。

➲ **manner** [ˋmænɚ] 名 **方式、方法；（複數）禮貌、規矩**

He walked in a casual **manner**. 他一派悠閒地走著。

日常生活　學校職場　情感心智　社會萬象

UNIT 139

小試不NG　QUIZ TIME

There are three (ways / manners / methods) for Roger to get out of his trouble.

譯 有三條路可以解決羅傑的困境。

說明

method 是用一種經過計畫的、有系統的方式，以達成某種目的的過程，通常是一種技巧、技術、紀律或做事的方法。manner 則是指使用的方式帶有某種獨有的特色或習慣，也可以指某人的舉止、態度，這時候都是用單數型來表示；manners 則是不同的意思，是「禮儀、禮貌、規矩」之意。way 則是最普遍的用字，泛指做事的方法、方式、達成目標的手段等，另外 way 還有「方向、路、路途、距離」等意思，或是表示一個人或物呈現的樣式。本題是指脫離困境的「方法」，但不帶有特殊習慣或用法的，因此只能填 ways 和 methods。

分　數

score / grade / mark / point

老師打分數和足球射門得分是一樣的字嗎？

字義不NG　Essential Meanings

score	指「比賽中的分數、測驗的成績」，動詞則是「得分」。
grade	原指按地位或優劣劃分的等級，可用於產品品質、官階、學位、技巧水準等。在美國可表示「評分的等級」，常接 A、B、C 或 1、2、3 等作同位語。
mark	可單獨表示「分數」，指老師為學生的作品或作業給予的評分。for 後加科目名稱，則表示「某科的分數」。
point	用數字表示學習上的成就，意義上等同 grade。

造句不NG　Example Sentences

⊃ score [skor] 動（體育比賽、考試等中）得分；名 成績
Eric got a high **score** on TOEIC. 艾瑞克多益成績得高分。

⊃ grade [gred] 動 將……分等級、評分；名 等級、成績
The pressure to obtain a high **grade** on the report makes him more reluctant to start. 要得高分的壓力，讓他更不想動手寫報告。

⊃ mark [mɑrk] 動 標誌、給（試卷等）打分數；名 分數
My English teacher must finish **marking** 40 answer sheets.
我的英文老師必須改完 40 張作答卷。

⊃ point [pɔɪnt] 名 分數、思想、論點；動 指出
He scored 20 **points** in the basketball game. 他在籃球賽得了 20 分。

日常生活　學校職場　情感心智　社會萬象

UNIT 140

圖解不NG

小試不NG QUIZ TIME

The teacher (scored / pointed / graded / marked) our test papers, and I got 60 (scores / points / grades / marks).

📝 老師替我們考卷打分數，我考了 60 分。

說明

score 是指測驗的成績或比賽的分數，也就是在測驗或比賽中所得到的分數總計的意思，動詞則有評分的意思。point 則是表示測量成績或顯示比賽分數的一個單位，通常 1 point 就是「1 點、1 分」，累積起來的總積分就是 score（成績、分數）。grade 是指在考試或學校作業中得到的評分，有兩種表示法：get good / bad grades 或是 get a grade A，或 get a 100。mark 是英式英語，美式英語習慣用 grade，把 mark 當動詞使用。第一格是說老師在替考卷「打分數」，除了 point 之外，其他三字都有打分數的意思；第二格按用法只有 60 points 正確。

適當的

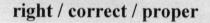

right / correct / proper

要說「這樣的坐姿不正確」，該用哪個字比較好？

 字義不NG　Essential Meanings

right	有「對的、正確的、最恰當的、最符合實際的」等意思，常跟 correct 互換，但強調道德標準上的正確，像是劈腿在道德上是不對的，就用 right。
correct	符合公認標準或規則上的正確，不帶情感色彩，是非分明，可用來表示符合真理的。
proper	意思是「恰當的」，為較正式的用語，表示符合習俗、倫理、社會標準，無關對錯。例如穿牛仔褲參加婚禮可能不恰當（proper）但並非是不對（correct）。

 造句不NG　Example Sentences

⊃ right [raɪt] 形 副 正確的（地）、恰當的（地）
　You are **right** to hire Jessica to take over the department.
　僱用潔西卡接管部門，這樣做是對的。

⊃ correct [kəˋrɛkt] 形 正確的、恰當的、符合一般準則的
　The information that you gave me was not **correct**.
　你給我的資訊並不正確。

⊃ proper [ˋprɑpɚ] 形 適當的、合乎體統的
　It is not **proper** to make phone calls so late.
　這麼晚打電話並不恰當。

📝 **圖解不NG** *Funny Illustration*

📝 **小試不NG** *QUIZ TIME*

Sitting upright when using the computer is the (right / correct / proper) sitting posture.

譯 用電腦時將背打直坐好才是正確的坐姿。

說明

right 的反義詞為 wrong，主要跟道德或是非對錯有關，符合社會大眾認知上的正確或事實真理者，就用 right。correct 的反義詞為 incorrect，符合事實真理或沒有錯誤、失誤或犯錯，或言行都符合社會規範者，就用correct。proper 習慣翻成「適合的、適當的」，是指行為準則符合公眾認知或一般規範而言，這些都是約定俗成的規定，不具有是非對錯或道德上的評斷，也不具強制性。本題是說背打直坐著使用電腦才是「對的」坐姿，這裡的「對的」是指恰當且合乎邏輯，right、correct 與 proper 都可以使用。

日常生活　學校職場　情感心智　社會萬象

UNIT 141

升 起

rise / raise / arise

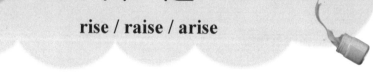

油價上漲，連帶使得物價攀升，都用同一個字嗎？

 字義不NG *Essential Meanings*

rise	意為「升起、上漲、升高」，為不及物動詞，主詞須為事或物，要說物價上漲、油價上漲、海平面升高、太陽升起等，都可以用 rise。
raise	意為「提高、提升、舉起」，為及物動詞，指將物體拉抬起來。另外，raise 也有「飼養、養育」的意思。當名詞則為「加薪」。
arise	指「上升、出現、發生」，常用於無形的東西。也可表示「起床」，是正式而又常用的詞彙；若表示「起因於、由……而起」等意義，須與 from、out of 搭配，表示因果關係。

 造句不NG *Example Sentences*

⊃ rise [raɪz] 動 名 上升、升起
Hot air **rises** and cold air falls.
熱空氣上升，冷空氣下降。

⊃ raise [rez] 動 提高、舉、升、養育；名 加薪
If your boss **raises** your salary, it is not always a good thing.
如果老闆替你加薪，這不一定是好事。

⊃ arise [əˋraɪz] 動 升起、上升、產生、出現
Accidents often **arise** from carelessness.
意外的出現往往是由於粗心所導致的。

 圖解不NG *Funny Illustration*

小試不NG *QUIZ TIME*

Travis was (rising / raising / arising) the dumbbells while the sun was (rising / raising / arising) from the east.

譯 當太陽從東邊升起時，崔維斯正在舉啞鈴。

說明

rise 的主詞須是「事物」，凡事物向上移動、提升或傾斜，像是油價上漲、海平面上升、日升月落等，就可以用 rise，反義詞為 fall（下降）。raise 的主詞須是「人」，表示將某事物舉高、抬高或扶直，例如要說舉手發問，就是 raise your hand；raise 也有「養育、募集、種植、增加（數量、程度等）」等意思。arise 最初的意思是「出現、發生」，當「起床、起身」解時，通常用於比較正式的場合，尤其是法庭上。雖然也有「升起」之意，但比較少見。本題是說 Travis「舉起」啞鈴的同時太陽也在「升起」，由用法即可判斷，第一格要用 raising，第二格則是 rising 比較常用。

日常生活　學校職場　情感心智　社會萬象

UNIT 142

305

邊　緣

border / edge / margin

兩國邊境與銳利刀鋒，用的是同一個字嗎？

字義不NG　Essential Meanings

border	三者均指外圍的界線或區域。border 表示在分界線上或是緊鄰分界線的界內區塊，比較趨近於有一定寬度的區域。
edge	泛指兩塊區域的交界處，比較趨近於線形。像是要說懸崖「邊緣」，刀「鋒」等，即用 edge。
margin	比較正式，是指範圍較明確的外圍區域，例如要說大西洋的西「緣」、書信四周的「留白邊緣」，都可用 margin。

造句不NG　Example Sentences

⊃ border [`bɔrdɚ] 名 邊境

We are near the **border** between China and Russia.

我們在中國和俄羅斯邊界附近。

⊃ edge [ɛdʒ] 名 邊緣

I hit the **edge** of my kitchen cabinet.

我撞到餐具櫃的邊緣。

⊃ margin [`mardʒɪn] 名 邊緣、頁邊空白

We marched to the south **margin** of the town.

我們行軍到小鎮南邊的邊緣。

圖解不NG　*Funny Illustration*

小試不NG　*QUIZ TIME*

The (margin / border / edge) of the book was full of the writer's personal comments.

譯 這本書的四周留白處寫滿了作者個人的評論。

說明

margin 指的是書頁上文字四周的留白處。border除了「邊緣」外，還有「邊界、國境」的意思，可知是用於國與國間的交界之處，或是沿著物體邊緣的狹長地帶。edge 通常指的是刀子鋒利的那一邊。所以本題正解為 margin。

強　迫

press / push / force

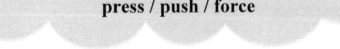

媽媽老是逼我念英文，這該怎麼說？

字義不NG　Essential Meanings

press	原意是「按、壓、燙平（衣服）」，引申為強力地推薦某種概念、主張或行動，具有強迫的意味。當名詞是「新聞媒體」的意思。
push	表示對某人或某物施加壓力，使其往其他狀態逼近，具有「逼迫、驅策」的意味。push 也有「推、推進」的意思。
force	有「迫使、強行」的意思，指利用權力、能量或力氣完成某事或制止反抗。受詞後再接「into + Ving」時，表示「強迫某人做某事」。

造句不NG　Example Sentences

⊃ **press** [prɛs] 動 按、壓、熨平、催逼；名 新聞輿論
　Jonathan **pressed** Jerry to leave the party with him.
　強納森逼迫傑瑞跟他一起離開派對。

⊃ **push** [puʃ] 動 名 推、推動、逼迫、催促
　A lot of parents in Taiwan **push** their children to pursue money instead of
　passion. 很多台灣的父母逼迫小孩追逐金錢而非熱情。

⊃ **force** [fɔrs] 動 強迫、用力推進；名 力量、武力
　Parents should not **force** their perspectives on children.
　父母不該把自己的觀點強加在孩子身上。

圖解不NG ~~Funny Illustration~~

小試不NG ~~QUIZ TIME~~

Mom always (forces / pushes / presses) me to study English because she wants me to be a flight attendant.

譯 媽媽總是逼我念英文，因為她想要我當空服員。

說明

press 原本的意思是「按、壓」，是指用手或手臂施加壓力去按壓物體，使其向內凹縮或緊靠另一物，因此也有用強硬方式去說服他人去做事的意涵。push 的原意是「推、推開」，是指用手、手臂或全身的力量將物體向前或向外推開，跟 press 一樣也可指用強勢的態度去說服、鼓勵他人去做他們不願做的事，也有向人施加壓力並造成對方不開心的意思。force 最初的意思為「力量、力氣、武力」，因此有用脅迫的方式讓人服從聽令的感覺。本題是說小女孩被媽媽逼著學英文，有不情願的心情，因此 force、push 和 press 都可使用。

日常生活　學校職場　情感心智　社會萬象

UNIT 144

盜　賊

thief / robber / gangster

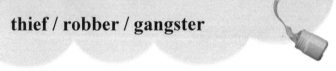

怪盜亞森羅蘋與大偵探福爾摩斯的對決，該用哪個字才對？

字義不NG Essential Meanings

thief	意思是「賊、小偷」，表示趁擁有者不在場或沒有防備時，暗中盜取財物，尤指用非暴力的方式拿取的人，複數型態為 thieves。另一個與 thief 相似的字是 theft，是指「偷竊」這個行為。
robber	用威脅或暴力的方式，強行奪取他人財物之行為者，像是銀行搶匪，就可以用 robber 這個字來表達。
gangster	主要指犯罪集團的成員，尤指持械搶劫的歹徒。

造句不NG Example Sentences

◌ thief [θif] 名 賊、小偷

Amazingly, the police haven't caught the **thief** yet.

令人驚訝地是，警方還未抓到小偷。

◌ robber [ˋrabɚ] 名 搶劫者、強盜

The **robber** robbed Robert of his rubbers.

搶匪搶走了羅伯特的橡膠鞋。

◌ gangster [ˋɡæŋstɚ] 名 （結成團夥的）歹徒、盜匪、流氓

One of the **gangsters** fled away.

其中一名歹徒逃跑了。

圖解不NG *Funny Illustration*

steal sth. from sb.

rob sb. of sth.

 小試不NG *QUIZ TIME*

Last night two (thieves / robbers / gangsters) attacked the owner of the house and fled away with a piece of jewelry.

譯 昨晚兩名歹徒攻擊屋主，並帶著一件珠寶逃逸無蹤。

說明

thief是指偷偷摸摸地、不讓人察覺就拿走別人財物的人，即小偷、竊盜者，pickpocket 是偷偷從他人口袋偷取財物的人，也就是扒手。robber 則是用暴力或脅迫的方式強取豪奪他人財物的人，也就是強盜、盜匪之流。gangster則是指結夥進行各種非法行為的罪犯，也使用暴力手段，歹徒、幫派或是流氓就可以用 gangster。本題是說有兩名強盜攻擊屋主，並帶走一件珠寶，因為是光明正大的洗劫，用武力的方式脅迫他人獲取財物，屬於不法行為，所以用 robbers 和 gangsters。

財 富

wealth / riches / fortune

他真是個敗家子，把父母留給他的財產全都敗光了，應該怎麼說？

wealth	表示一個人所擁有的全部財產，可以是物質方面或精神方面的財富。a wealth of 是「豐富、大量的」之意，例如 a wealth of examples（大量的例子）。
riches	當「財富」解釋時，恆為複數型，指一個人擁有的物質財產。
fortune	語氣比 wealth 強烈，表示「大量的財富」，像是 make a fortune（發財、致富）。另外，fortune 也有「好運、幸運」的意思。

⊃ wealth [wɛlθ] 名 財富、財產、豐富、大量

Sean has a wealth of talent.

尚恩很有才華。

⊃ riches [ˈrɪtʃɪz] 名 財富、財產

Some people buy designer bags to display their riches but only end up exposing their shallowness.

有些人買名牌包來炫富，但只會暴露出他們的膚淺。

⊃ fortune [ˈfɔrtʃən] 名 財富、鉅款、好運、命運

Carrie will receive a large fortune when her parents die.

在父母死後，凱莉將會繼承一大筆財富。

圖解不NG Funny Illustration

小試不NG QUIZ TIME

He was born in a (wealthy / fortune / riches) family, so he buys things without checking the price tag.

譯 他是含著金湯匙出生的,所以購物從不看標籤。

說明

當「財富」時,wealth 和 fortune 意思相近,都是指一個人所擁有的錢或財產而言,不同的地方在於,wealth 也可指無形的財富,像是健康、快樂、福利等,而 fortune 除了當「財富」之外,還有好運、幸運、命運、鉅款等意思。riches是rich的複數型,從字形來看,即可判斷是指很多財富的意思,多用於書面上,此外,也能延伸形容像是藝術的財富或心靈上的富有等。本題是說出生富裕之家,買東西不看價格,雖然三者都能指財富,但 wealthy family 是慣用語,故只能選 wealthy。

詞 語

word / term / expression

會統學
▶MP3 147

妳對我說過的話，即使只是隻字片語，我都牢牢記得，應該怎麼說？

 字義不NG Essential Meanings

word	意思是「詞、單詞、話語、諾言」，為極為常見的用詞，是說話時使用的最小單位，可以指一個字、一句話或一段話。
term	意思是「專業術語」，用於進行特定活動、工作或行業時，或指稱有特殊意義的字或詞句。
expression	意思是「措辭」，表示透過口語或文字表達心中的概念、情感或想法的字或字句。

 造句不NG Example Sentences

◯ word [wɝd] 名 詞、單詞、話語、諾言
Actions speak louder than words.
坐而言不如起而行。

◯ term [tɝm] 名 專門名詞、術語、名稱、措辭、期限
He is quite familiar with culinary terms.
他相當熟悉烹飪術語。

◯ expression [ɪkˋsprɛʃən] 名 措辭、詞句、表達
"Shush" is a rude expression.
「噓」這個詞是很粗魯的用詞。

圖解不NG　*Funny Illustration*

小試不NG　*QUIZ TIME*

In this poem, the poet tends to use lots of slang (words / terms / expressions) to show his anxiety.

📖 這首詩中，詩人試圖用大量的粗話來表達自身的焦慮。

說明

word 是說話或書寫時最小的使用單位，代表一個有意義的單字或詞，也可延伸為「一句話、所說的話、消息、承諾、歌詞」等意思，屬於中性的詞彙。term 通常是指某個領域或類別的特殊用語，即專業術語或是行話，可以是詞彙或是字群，是比較正式的用法。expression 原先的意思是「表達、表情」，但也有「措辭、詞句」的意思，可以是單詞或是字群。本題是說詩人在詩中用粗俗的字眼來表示自己的焦慮，詩裡用的字詞可以是單詞、詞彙、一句話、措辭等形式，沒有特別限定，因此三者皆可使用。

地 球

globe / earth / planet

會 統 學
MP3 148

常常聽到這句口號:「我們只有一個地球」,那英文應該怎麼說?

字義不NG　Essential Meanings

globe	表示「球體」,主要強調地球的形狀是圓的;也可用來表示「世界、地球」。
earth	有「大地、土壤」的意思,也常用以表示「地球」。當「地球」解釋時,前面要加the,第一個字母也要大寫,寫成the Earth。
planet	除了可用以表示「地球」之外,其原意是「行星」,表示圍繞著太陽轉的星球。

造句不NG　Example Sentences

◯ globe [glob] 名 球狀物、地球

We sell unusual goods from all over the globe.

我們販售來自世界各地的稀有物品。

◯ earth [ɝθ] 名 地球、陸地、土、塵世

Ryan Stone returned to the Earth alone safely.

雷恩‧史東獨自平安返回地球。

◯ planet [ˋplænɪt] 名 行星

A planet orbits around a fixed star.

行星繞著恆星運行。

 圖解不NG

小試不NG QUIZ TIME

The (Earth / globe / planet) is in the shape of globe. It's the third planet of the solar system.

 地球呈球狀，是太陽系的第三顆行星。

說明

globe 原意是「球狀物、球體」的意思，因為地球是圓的，所以也常被人拿來指稱地球，因為為獨一無二的存在，當「地球」解釋時，前面要搭配定冠詞 the。earth 小寫的時候是「土、地面、陸地」的意思，大寫才能指稱地球，同樣需搭配定冠詞 the。planet 指的是行星、星球，地球也是行星，所以也常拿來指稱地球，不過僅是約定俗成的用法，並非正式用法，前後文若有明確描述地球時，此時才可以拿 planet 代稱，否則無法令人直接聯想。本題後句提到是太陽系第三顆行星，可知是在描述地球，不會讓人混淆，三者皆可，只是句中已出現 globe，為免重複，此處不選 globe。

日常生活　學校職場　情感心智　社會萬象

UNIT 148

建　議

advice / suggestion / proposal

有法律問題想尋求律師的建議，哪個字比較恰當？

advice	指有業務專長或經驗的人提出的意見或勸告，如教師對學生的指導或醫生對病人的勸告等。為不可數名詞，所以提出一則勸告可以寫成 a piece of advice。
suggestion	語氣比 advice 婉轉客氣，乃指針對某一問題，尤其是為解決困難或改進所提出的建議。
proposal	正式用語，指正式提出以供研究、採納或執行的建議，也有「求婚」的意思。

⊃ advice [əd`vaɪs] 名 勸告、通知

I need your **advice** on my financial plight.

我的財務出現困難，需要你的建議。

⊃ suggestion [sə`dʒɛstʃən] 名 建議、暗示

At my **suggestion**, my brother finally quit smoking.

在我的建議之下，我哥哥終於戒煙了。

⊃ proposal [prə`poz!] 名 提議、提案、提出、求婚

The sales manager's **proposal** to merge and acquire the competitor is overruled.

業務經理提出併購競爭者的提案被否決了。

日
常
生
活

學
校
職
場

情
感
心
智

社
會
萬
象

UNIT 149

📝 **圖解不NG** Funny Illustration

📝 **小試不NG** QUIZ TIME

I can't make my decision to pick up which dress to wear for tonight's party. I need some (advice / suggestion / proposal).

譯 我無法決定要穿哪件洋裝出席今晚的派對。我需要建議。

 （說明）

advice 是指針對某個特殊狀況下，提供他人應該如何行事結果會比較好的一種指示或建議，多為經驗之談或根據自身的專業知識。suggestion 是指提供他人另一種思考事情的角度或另一種想法或計畫，不具強迫性，僅供對方參考斟酌。proposal 是最正式的用法，指仔細擬定一份企畫以供對方研究、採納或是執行，通常以書面方式來呈現。本題是說不知該選哪件洋裝，需要他人的意見，這裡並非需要專門建議，但有可能是向有經驗的人請教，或是單純向友人尋求建議，因此 advice 和 suggestion 皆可填。

機 會

chance / opportunity / occasion

現在正是告白的好機會，這時如果用錯字是否就沒機會了？

字義不NG *Essential Meanings*

chance	指一種僥倖或偶然的機會或可能性，也有「機遇、運氣、偶然性」等意思，此時為不可數名詞。
opportunity	指有利或適合於採取行動，以達到目的或實現願望的最佳時機或機會。經常和 chance 替換使用，但 chance 有僥倖的意味，opportunity 則多指特殊的機會。
occasion	指一般性的機會，表示一個提供了引起某種行動的好時機。

造句不NG *Example Sentences*

⊃ **chance** [tʃæns] 名 **偶然、可能性、機會**

English learners in Taiwan don't have many **chances** to use English.

台灣的英語學習者沒有太多機會使用英文。

⊃ **opportunity** [ˌɑpɚˋtjunətɪ] 名 **機會、良機**

I regret that I missed the **opportunity** to work in a multinational company.

我後悔錯過在跨國公司工作的機會。

⊃ **occasion** [əˋkeʒən] 名 **時機、機會、場合**

On one **occasion** I met Ms.Rowling by chance and I seized this **occasion** to express my admiration for her.

在一個場合我偶遇羅琳女士。我趁機表達我對她的仰慕。

 圖解不NG

 小試不NG

The weather forecast says that there will be 30 percent of (chance / opportunity / occasion) to rain in mountainous areas this afternoon.

譯 氣象預報說今天下午山區會有 30%的降雨機率。

說明

chance 帶有碰運氣、不確定性、偶然的意味,指因為好運而得到的機會,但發生的機率全憑運氣,無法準確預測,還有「偶然、運氣、僥倖、意外、冒險」等意思。opportunity 跟運氣無關,是一種有利於你的時機點出現了,而你可以選擇是否把握,例如升遷。occasion是指刻意製造出的機會而言,通常是針對某些特別的場合或時間所製造出的機會,因此即便錯過也不至於讓人失望。天氣預報說山區有 30%的降雨機率,乃一種不確定的預測、機率的概念,因此 chance 是最佳選擇。

日常生活　學校職場　情感心智　社會萬象

UNIT 150

藥　物

medicine / drug / pill

現代有愈來愈多人依賴**藥物**減肥，這裡該用哪個字才對？

 字義不NG　*Essential Meanings*

medicine	藥物的總稱，尤指內服藥，也可指對健康有益的其他治療手段，此外還可指「醫術，醫學」。表示「服藥」時，必與動詞 take 搭配。
drug	含義極廣，可指任何用於預防或治療肉體上或精神上疾病的藥品。drug 可指未經調和、單獨服用的藥材，而非 medicine 所指的合成多種藥材所製成的藥物。drug 為可數名詞，用複數形式時，多指毒品。
pill	指的是供口服用的藥丸、藥片或藥錠，通常帶有某種固定的形狀，為可數名詞。

 造句不NG　*Example Sentences*

⊃ medicine [ˋmɛdəsn̩] 名 藥、內服藥、醫學

My son majors in Traditional Chinese Medicine in college.

我兒子在大學主修中醫學。

⊃ drug [drʌg] 名 藥品、藥材

My doctor prescribed a new drug for my cough.

醫生開了一種新藥，治療我的咳嗽。

⊃ pill [pɪl] 名 藥丸、藥片

Can't you sleep without taking sleeping pills?

沒有安眠藥，你無法入睡嗎？

 圖解不NG Funny Illustration

小試不NG QUIZ TIME

My doctor told me to take the (medicine / drug / pill) after each meal, three times a day.

譯 醫生開藥給我,一天三次,餐後服用。

說明

medicine 是廣義的藥,凡用於治病療傷的藥品都可以使用,對身體無害、無副作用、可內服或外用,用於治療或醫療上幫助病情好轉的藥物而言,也有「醫學」之意。drug 是指藥房內販售、不用醫師開處方的藥,因含有刺激成分,濫用的話會有成癮症狀,也可指「毒品」,常見用法有 drug store(藥房)、drug dealer(毒販)等。pill 是指是一種扁平、小而圓的口服用藥片或藥丸,較側重於形狀,此外,藥也有 tablet(藥片)、capsule(膠囊)、powder(粉末)等形狀。本題是說醫生開立的處方用藥,medicine 會比 drug 來得合適。

結 果

result / consequence / effect

媽媽看著成績單，感嘆地說：「這就是你補習後的結果嗎？」是
哪種結果呢？

字義不NG　*Essential Meanings*

result	指透過某種直接或間接、近因或遠因而產生的最終結果，而不是眼前的現象。result from 表示起因；result in 表示結果或導致。
consequence	多指隨某一事件引起的，必然或自然的不良結果，不強調直接的因果關係，而側重事件發展的邏輯關係。
effect	嚴格強調因果關係，指因某種原因直接產生的結果，著重持續穩定與其影響，和 cause 直接相對應。cause and effect 表示「因果關係」。

造句不NG　*Example Sentences*

⊃ result [rɪ`zʌlt] 動 發生、導致； 名 結果

The **result** of drinking too much coke is getting as fat as you are.

喝太多可樂的結果，就是變得像你一樣胖。

⊃ consequence [`kɑnsəˌkwɛns] 名 結果、後果

Do you understand the **consequence** of this decision?

你到底明不明白這個決定的後果？

⊃ effect [ɪ`fɛkt] 名 結果、效果、影響； 動 造成

The finding of her study had a huge **effect** on neurology.

她的研究發現對神經學有重大的影響。

圖解不NG Funny Illustration

小試不NG QUIZ TIME

Luke didn't do his homework as a(n) (result / consequence / effect) of staying up playing video games all night.

譯 路克因為通宵打電動而沒有做作業。

說明

consequence 有負面的意涵，是指因為某個錯誤行為而引發的不良後果，使用這個字會讓人聯想到不好的、不願正對的結果。result 則較中性，是指事件發生的前因後果，結果可以是正面的或是負面的，端看事件如何發展，此外，也有「比賽結果、成績、效果」等意思。effect 跟 result 相近，皆為中性語氣，是指由某一行為所造成的「影響、效果、結果、作用」而言。本題是說沒做功課是因為熬夜打電動，而 as a result of 為慣用片語，意思是「由於……原因所致」，故本題只能選 result。

客 人

guest / customer / client

父母經常要小孩跟來家裡的客人打招呼，請問該用什麼字來表達好呢？

 字義不NG *Essential Meanings*

guest	可數名詞，泛指事先受到邀請並受到款待的來訪者，也可作「旅館的旅客、飯店的顧客」解釋。
customer	可數名詞，表示在商店內消費的顧客，例如 regular customer（經常光臨的老主顧）。
client	除了可以表示顧客或常客以外，還可當作「委託人」解釋。本來僅用於律師和醫生等專業人士服務的對象，但現在愈來愈多行業使用client這個字，用以表示自己的專業度，因此使用範圍愈來愈大。

 造句不NG *Example Sentences*

⊃ guest [gɛst] 名 客人、旅客

They never invited **guests** for dinner. 他們從不邀請客人到家中晚餐。

⊃ customer [`kʌstəməˋ] 名 顧客、買主

I always feel grateful for our **customers**.
我對我們的客戶總心懷感激。

⊃ client [`klaɪənt] 名 委託人、（律師等的）當事人、顧客

Our law firm usually asks **clients** to pay fees first.
本律師事務所通常要求委託人先付費用。

圖解不NG

小試不NG

Salespersons always exchange name cards with their (guests / customers / clients) when they first meet.

譯 跟客戶初次見面時，業務員都會跟對方交換名片。

說明

guest 通常是指接受招待前來或受邀參與活動的賓客，招待的場合是家裡、飯店或是宴會等，是「來賓、賓客、旅客」的意思。customer 是指到店裡消費的客人，像是大賣場、商店、郵購的客人，更精準的中文就用「顧客、主顧」。client通常用於生意上有所來往的客戶，像是跟公司有來往的客戶，或是跟律師、會計師、事務所、整形診所等偏向專業與專門的對象進行生意來往的客戶。本題是說業務在第一次跟客戶見面時，都會交換名片，是指公司業務上的往來，因此適合 clients。

日常生活　學校職場　情感心智　社會萬象

UNIT 153

挑　選

choose / pick / select

會統學

▶ MP3 154

要從千百人中被挑選上台表演需要真功夫，用哪個字才好？

字義不NG　*Essential Meanings*

choose	指一個人以主觀判斷或意願來選擇人事物，強調憑自己的偏好選擇自己認為合適的東西，側重於自身的意志或決斷。
pick	口語用詞，指從個人角度來挑選，無需特別仔細地挑選、辨別的意涵。pick 也有「摘、採」的意思。
select	書面用語，強調在進行認真地考慮後，從很多的人或物中精選出最好的、最中意的，有精挑細選、篩選的意思。

造句不NG　*Example Sentences*

⊃ **choose** [tʃuz] 動 選擇

Hillary Clinton was **chosen** by Obama to be the Secretary of State.

希拉蕊·柯林頓被歐巴馬選為國務卿。

⊃ **pick** [pɪk] 動 挑選、採、摘

Just **pick** three books at random from my bookshelf.

從我書架上隨機挑三本書。

⊃ **select** [sə`lɛkt] 動 選擇、挑選

Carrie Bradshaw **selected** the most beautiful dress from her wardrobe to attend the fashion party.

為出席時尚派對，凱莉·布萊蕭從衣櫃中選出最漂亮的洋裝。

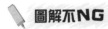

小試不NG　QUIZ TIME

Because it was kind of late, Duncan (chose / picked / selected) one coat from the closet in a hurry and left.

譯 因為有點遲了，鄧肯匆匆從衣櫥挑了件外套就出門了。

說明

choose 指從一堆選項中選出自己想要的一個或數個，是經過思考所做出的決定，選擇的對象可以是具體或抽象。pick 通常是用於挑選具體的事項，像是挑一本書，是三者中會讓人直接聯想手部動作的一個詞，pick 也有「摘採、挑起」等意思。select 則是最正式的用法，指從一堆同類的選項中仔細地辨別後再選擇，挑出最符合期望的一個或數個，淘汰掉其餘的選項，強調經過權衡後將需要的保留、不需要的剔除。本題是說在匆忙間隨手挑了一件外套便出門，因此沒有經過仔細考慮，也沒有挑出喜歡的一件衣服的意思，因此 picked 最合乎語境。

日常生活　學校職場　情感心智　社會萬象

UNIT 154

329

包 包

bag / wallet / purse

會統學
▶ MP3 155

要跟店員索取免費的購物袋，要用哪個字才對？

 字義不NG *Essential Meanings*

bag	指由可折疊材料製成的且多由上方打開的一種封閉的容器，有時也指手提包。可引申指一袋或一包的物品或數量。
wallet	指專門用來裝紙鈔或卡片的皮夾，通常為口袋型大小，有時可指皮製的公事包或小工具袋。
purse	指錢包或小錢袋，不只可以裝紙鈔或皮夾，還可以裝其他物品，甚至可以把皮夾裝在裡面。在美國相當於 handbag。

 造句不NG *Example Sentences*

○ bag [bæg] 名 袋、提袋、一袋之量

Julia went out of the boutique carrying a shopping bag.

茱莉亞提著購物袋走出精品店。

○ wallet [`wɑlɪt] 名 皮夾、錢包、（皮製）公事包

Riding a bicycle is a sport that is good for your wallet.

騎腳踏車是一種很省錢的運動。

○ purse [pɝs] 名 錢包、（女用）手提包

The lady in a fur coat took some money out of her purse and gave it to that homeless boy.

穿皮毛大衣的女士從皮包中拿出一些錢，給了那名無家可歸的男孩。

圖解不NG Funny Illustration

 小試不NG QUIZ TIME

Mom likes to carry her shopping (bag / purse / wallet) when she goes to the market because she can put many things in it.

譯 媽媽去市場時喜歡帶著她的購物袋，因為能裝很多東西。

說明

bag 泛指任何可以裝東西的包包和袋子，如購物袋、塑膠袋、提袋、垃圾袋、名牌包包等。purse 也是包包的一種，但容量偏小，通常拿來放錢、手機等小物品，除了當錢包外，一般也指女用提包。wallet 是皮夾，就是專門放紙鈔、信用卡、證件等的扁平錢包，多由皮革或塑膠製成，是三者中容量最小的一個。本題是說可以容納許多東西的購物袋，可知容量要大，bag 泛指任何裝東西的袋子和包包，容量可大可小，端看使用功能而定，購物袋即是裝購買物品的容器，因此 bag 最適合。

日常生活　學校職場　情感心智　社會萬象

UNIT 155

計　畫

plan / project / program

會 統 學
▶ MP3 156

長輩總喜歡問晚輩未來有何打算，這裡應該要用哪個字才對？

字義不NG　Essential Meanings

plan	泛指從意圖、打算到詳細而精確的書面方案而言，此外，plan 還可作「平面圖、示意圖」解釋。
project	多指為進行某項工作或完成某一項較大的任務，由個人或多人制定出計畫、方案或設想，通常是大規模的，有時則帶有不切實際的意思。
program	使用範圍很廣，既可指思想上的計畫，又可指任何形式的書面計畫或規劃，是指為了做某件事情而預先作出一個計畫。

造句不NG　Example Sentences

⊃ **plan** [plæn] 名 計畫、平面圖；動 計畫、打算

A goal without a **plan** is always a wish.

沒有規劃的目標，永遠不會成真。

⊃ **project** [prə`dʒɛkt] 名 方案、企劃、工程

Local residents protest against a development **project**, fearing this **project** may cause environmental pollution.

當地居民抗議某項開發案，害怕這個案子可能造成環境汙染。

⊃ **program** [`progræm] 動 寫程式；名 計畫、節目

The nuclear power **program** has drawn a lot of criticism.

核能計畫遭受許多抨擊。

小試不NG QUIZ TIME

If you want to get better grades on your studies, it might be helpful for you to make a study (plan / project / program).

譯 如果你的學業成績想要更好,擬定讀書計畫或許會有幫助。

說明

plan 就是一般所指的計畫,不論是臨時起意還是周詳安排,是針對想做或欲達到某事而事先設想的一個流程、想法或結論,例如學習計畫、未來規劃等。program 是針對某件事的實現而進行一連串的規劃與設想,並有計畫性地實現,多由大型機構或政府所策劃,一般人所訂的計畫多用 plan。project 是指為了蒐集資訊、建設或是改善某種狀態等目的而制定的一項經過縝密設想的方案,例如公司對新產品提出的企劃,需要經過多方評估才能被執行,但沒有 program 執行時間長。本題是指個人的學習計畫,非企業或政府所引導的規模,用 plan 即可。

國家圖書館出版品預行編目資料

圖像式速解易混淆英單／張翔、易敬能 著.
-- 新北市：鴻漸文化出版 采舍國際有限公司發行

2022.12　面；　　公分

ISBN 978-626-95921-9-7

1. 英語 2. 詞彙

805.12　　　　　　　　111015881

圖像式速解**易混淆英單**

編著者●張翔、易敬能	總顧問●王寶玲
出版者●鴻漸文化	出版總監●歐綾纖
發行人●Jack	副總編輯●陳雅貞
美術設計●陳君鳳	責任編輯●吳欣怡
排版●王芋崴	美術插畫●盧伯豪

編輯中心●新北市中和區中山路二段366巷10號10樓

電話●(02)2248-7896　　　　　　　　傳真●(02)2248-7758

總經銷●采舍國際有限公司

發行中心●235新北市中和區中山路二段366巷10號3樓

電話●(02)8245-8786　　　　　　　　傳真●(02)8245-8718

退貨中心●235新北市中和區中山路三段120-10號（青年廣場）B1

電話●(02)2226-7768　　　　　　　　傳真●(02)8226-7496

郵政劃撥戶名●采舍國際有限公司

郵政劃撥帳號●50017206（劃撥請另付一成郵資）

新絲路網路書店●www.silkbook.com

華文網網路書店●www.book4u.com.tw

PChome 24H書店●24h.pchome.com.tw/books

出版日期●2022年12月

ISBN書店●978-626-95921-9-7

鴻漸官網

商標聲明：本書部分圖片來自Freepik網站

本書係透過華文聯合出版平台（www.book4u.com.tw）自資出版印行，並委由
采舍國際有限公司（www.silkbook.com）總經銷。

全系列
展示中心　新北市中和區中山路二段366巷10號10樓（新絲路書店）

修理 	攜帶 
有能力的 	在上面 
目標 	完成 
允許 	全部的 
數量 a large amount of money a large number of clothes	之間  Debby Scott Daisy May Ben

Mom is (fixing / repairing / mending) my socks, not (fixing / repairing / mending) the air-conditioner.

➲答案請翻 p19

Ming (took / brought / carried) flowers to me.

➲答案請翻 p17

沿此虛線剪下可做成隨身攜帶測驗卡

The muscular man is (able / capable) to lift a one-ton elephant.

➲答案請翻 p23

The black cat is (on / above / over) the sofa, and the snacks are (on / above / over) the white cat. The fat cat is jumping off the shelf and (on / above / over) the black one.

➲答案請翻 p21

The marathon runner with NO. 101 reached the finish line first. The audience cheered for him when he got to the (goal / aim / purpose).

➲答案請翻 p27

Mr. Smith has to (finish / complete / accomplish) doing his work by tomorrow morning.

➲答案請翻 p25

The sign says "eating and drinking are not (allowed / permitted) in the library."

➲答案請翻 p31

The three girls are (all / whole / entire) singers. They ate an (all / whole / entire) cake on the celebration party.

➲答案請翻 p29

The doctor told me to have an adequate (amount / number / quantity) of sleep to get well.

➲答案請翻 p35

Scott is standing (between / among) Debby and Daisy. Daisy is standing (between / among) these people.

➲答案請翻 p33

 胖的

很少的

 找東西

禮物

 給予

離開

 價值

成長

 打開

故事

There is (few / little) rice in the bowl. Not much left.

⊃答案請翻 p79

Look! What a lovely (fat / plump / chubby) chick it is!

⊃答案請翻 p77

Jerry was so happy to get many birthday (presents / gifts) on his birthday party.

⊃答案請翻 p83

I spent half an hour (looking for / locating / finding) the other sock, and eventually I (looked for / located / found) it under the bed.

⊃答案請翻 p81

The train is about to (go / leave / depart). I need to speed up a bit.

⊃答案請翻 p87

The mail carrier (gave / granted / handed over) the letter which was supposed to be (given / granted / handed over) to Steven Chou to the guard named Eric.

⊃答案請翻 p85

Can you imagine how fast the baby (grows / matures / develops) into an adult?

⊃答案請翻 p91

Here is a review for the book *Harry Potter—Deathly Hallows* saying it's fun, adventurous, and exciting. In one word, it's worth reading, and its (value / worth / price) is only $300.

⊃答案請翻 p89

The bedtime (story / tale) Mom read to me last night is about a fairy (story / tale).

⊃答案請翻 p95

Please (open / unlock / unpack) the pencil case and take out a red pen.

⊃答案請翻 p93

✂ 沿此虛線剪下可做成隨身攜帶測驗卡

形狀

忙碌的

易碎的

自由

擁有

幫助

高的

抓住

聽見

指出

Flora gave a box of chocolates in the (form / shape) of a heart to Steve and also wrote a card ended with signature with heart (form / shape).

⊃答案請翻 p101

Brenda tried to call Andrea last night, but the line was (busy / occupied / engaged) all the time.

⊃答案請翻 p99

In the 19th century, the black people were treated as slaves and were deprived of (freedom / liberty / independence).

⊃答案請翻 p105

Put down the carton with care. There is a (fragile / delicate / vulnerable) LCD TV inside.

⊃答案請翻 p103

When seeing the boy fall into the sea, the lifeguard jumped immediately into the sea and came to his (help / aid / assist).

⊃答案請翻 p109

I (own / have / possess) a luxury house, a sports car, and a pretty wife.

⊃答案請翻 p107

The man in red (grabbed / seized / caught) the man in blue by his collar. It seemed that they had an argument.

⊃答案請翻 p113

I am 160 centimeters (tall / high), and the mountain which is 3000 feet above sea level is relatively (tall / high).

⊃答案請翻 p111

The telephone kept ringing, so we could (infer / imply) that no one was at home.

⊃答案請翻 p117

Would you please turn your voice down a little bit? I can (listen to / hear) you right from here.

⊃答案請翻 p115

沿此虛線剪下可做成隨身攜帶測驗卡

急忙

停止

沿此虛線剪下可做成隨身攜帶測驗卡

提供

超過

有點

時代

試圖

試驗

旋轉

大的

Since seeing the doctor last time, I've (quit / stopped / ceased) smoking.

⊃答案請翻 p161

Santa Claus (hasted / hurried / rushed) to the station because the train was going to leave.

⊃答案請翻 p159

✂
沿此虛線剪下可做成隨身攜帶測驗卡

Ray got 68 in English, and May got 96. We can tell that May's grades (surpass / exceed) Ray's.

⊃答案請翻 p165

If you feel cold on the plane, you can ask the flight attendant for a blanket. The airlines (provide / offer / supply) their passengers with blankets if they require.

⊃答案請翻 p163

The Stone Age is a broad prehistoric (period / era / age) during which stone was widely used as tools.

⊃答案請翻 p169

You are (kind of / sort of) familiar to me. Have we met before?

⊃答案請翻 p167

New drugs need to undertake a series of (trials / tests / experiments) before they are on the market.

⊃答案請翻 p173

They (tried / attempted / endeavored) to pull the car out of the mud.

⊃答案請翻 p171

There are three sizes in this kind of T-shirt, small, medium and (huge / large / enormous). What size do you wear?

⊃答案請翻 p177

Look! The top has been (turning / revolving / spinning) for 10 minutes!

⊃答案請翻 p175

高興的

困難的

使驚訝

勇敢的

小心的

著迷

生病的

體貼的

容忍

像是

There are two math questions here. The former one is (harder / more difficult / tougher) than the latter one.

⊃答案請翻 p183

It was a (happy / glad / delighted) wedding. The mother was (happy / glad / delighted) about her daughter.

⊃答案請翻 p181

The young man was so (brave / courageous / bold). He rushed into the fire and rescued the old lady out of the fire.

⊃答案請翻 p187

My wife was (surprised / astonished / amazed) at the anniversary present I gave her. She was so upset.

⊃答案請翻 p185

The boy is (charmed / fascinated / enchanted) by the girl with ponytail.

⊃答案請翻 p191

Be (careful / cautious / prudent) when walking on the wet floor.

⊃答案請翻 p189

Thank you for doing me a favor. You are so (considerate / kind / thoughtful).

⊃答案請翻 p195

Norma had a high fever. She looked so (sick / ill).

⊃答案請翻 p193

Tracy has freckles on the face and curly hair, and so does her mom. We can say Tracy is exactly (like / as) her mother.

⊃答案請翻 p199

No one can't (bear / stand / tolerate / endure) the heat of the sun in the desert for a couple of hours.

⊃答案請翻 p197

沿此虛線剪下可做成隨身攜帶測驗卡

 似乎	空的 
 廣大的	勞力 
 成功	聰明的 
  落下	旅行 
 改變 this summer this winter	欺騙 

Excuse me. Is the seat taken or still (vacant / empty / blank)?

Louisa (seemed / appeared / looked) unhappy. Maybe it was because she failed the contest.

➲答案請翻 p241

Due to shortage of (work / labor) force, many countries used to import human resources from the countries where people lived a poor life.

➲答案請翻 p247

What a (vast / huge / wide) desert it is! It's hardly to see its border.

➲答案請翻 p245

The boy who looks (smart / clever / wise) really does well in his academic performance.

➲答案請翻 p251

After making a lot of effort to practice, they finally beat other tough rivals and won the (success / victory / triumph).

➲答案請翻 p249

It's getting popular for families to have a two-day (trip / travel / journey) by RV on weekends.

➲答案請翻 p257

He lost his balance, so he (fell / dropped / descended) out of the ladder.

➲答案請翻 p255

The student (cheated / deceived / tricked) on the test and was caught red-handed by the teacher.

➲答案請翻 p261

The leaves of the tree have (changed / altered / varied) gradually since this summer.

➲答案請翻 p259

 同意

持續

 國家

治療

 危險

減少

 缺點

延後

 不同的

分開

The strike (continued / persevered / persisted) all day long, and the protestants (continued / persevered / persisted) in gaining the response from the management.

➲答案請翻 p265

I wonder whether the girl (agreed / consented) to marry that guy or not.

➲答案請翻 p263

The dentist is (treating / curing / healing) the decayed tooth.

➲答案請翻 p269

There is a slogan saying "We love our (nation / country / state)" on the T-shirt.

➲答案請翻 p267

I used to have a weekly allowance of 500 dollars, but now I only have 100. My allowance has (decreased / reduced / declined) sharply.

➲答案請翻 p273

Smoking is known for its health (danger / hazard / risk), so quit it.

➲答案請翻 p271

Since Mr. Big has something important to do on Monday, why not (postpone / delay / defer) your dinner date to next Tuesday?

➲答案請翻 p277

He is really manly, but the only (defect / fault / flaw) he has is that he is scared of roaches.

➲答案請翻 p275

The students are (divided / separated / split) into three groups. There are one boy and one girl in every group.

➲答案請翻 p281

There are (varied / different / diverse) kinds of shoes in the closet, sneakers, sandals, slippers, high-heels, jogging shoes, boots, you name it.

➲答案請翻 p279

結果

藥物

挑選

客人

計畫

包包

Luke didn't do his homework as a(n) (result / consequence / effect) of staying up playing video games all night.

⊃答案請翻 p325

My doctor told me to take the (medicine / drug / pill) after each meal, three times a day.

⊃答案請翻 p323

Because it was kind of late, Duncan (chose / picked / selected) one coat from the closet in a hurry and left.

⊃答案請翻 p329

Salespersons always exchange name cards with their (guests / customers / clients) when they first meet.

⊃答案請翻 p327

If you want to get better grades on your studies, it might be helpful for you to make a study (plan / project / program).

⊃答案請翻 p333

Mom likes to carry her shopping (bag / purse / wallet) when she goes to the market because she can put many things in it.

⊃答案請翻 p331

沿此虛線剪下可做成隨身攜帶測驗卡

空白測驗卡，可自行設計

交通工具

喊叫

在⋯⋯期間

關上

每一

居住

互相

吃東西

力量

足夠的

A spacecraft is the only (vehicle / transportation) that people use to fly to the moon.

➲答案請翻 p59

The drowning man is waving his hands to the distant ship, (crying / yelling / shouting) for help.

➲答案請翻 p57

Samantha planned to take a vacation in Hawaii (during / while) this spring break.

➲答案請翻 p63

The wind was blowing through the window, so the man decided to (close / shut / seal) it.

➲答案請翻 p61

Here are two dogs. (Each / Every) one is spotted.

➲答案請翻 p67

The apartment has three stories. There (live / reside / dwell) four residents.

➲答案請翻 p65

Seeing no one (eating / consuming) the dishes on the table, Josh (ate / consumed) all of them by himself. I still can imagine how full and satisfied he was!

➲答案請翻 p71

Romeo and Juliet soon fell in love with (each other / one another) at first sight.

➲答案請翻 p69

Carl can't go to Harvard because he doesn't have (enough / adequate / sufficient) money to afford the tuition.

➲答案請翻 p75

I forgot to charge my cellphone, so it has almost run out of (power / strength / energy).

➲答案請翻 p73

 到達

 回答

✂ 沿此虛線剪下可做成隨身攜帶測驗卡

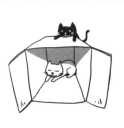 在後面

 提問

 開始

 在前面

 說話

 下面

 打擾

 借東西

The bus finally (got to / arrived at / reached) the bus stop.

⊃答案請翻 p39

What is your (answer / response / reply) when you see a snake on the plane? What will you do?

⊃答案請翻 p37

The black cat is (behind / in the back of / at the rear of) the carton. The white one is (behind / in the back of / at the rear of) the carton.

⊃答案請翻 p43

Look! A foreigner with a map on the hand is (asking / questioning) the girl for directions.

⊃答案請翻 p41

The race will (begin / start / initiate) at any minute.

⊃答案請翻 p47

The final exam is on November 9. Tim has to get prepared (before / in front of / ahead) that day.

⊃答案請翻 p45

Joseph is the person who (tells / says / talks about / speaks) what he sees. Though he is so direct, he doesn't (tell / say / talk about / speak) his friends' secrets or gossip.

⊃答案請翻 p51

The fish is swimming (under / beneath / below) the surface of water.

⊃答案請翻 p49

Could I (bother / disturb / annoy) you with some math exercises?

⊃答案請翻 p55

Jack (borrowed / lent / loaned) me his notebook.

⊃答案請翻 p53

單一  a single rose　a bouquet of roses	一頁紙 
一對 	一部分 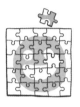
高峰 	主要的 
禁止 	放置 
測驗 	展示 

There are 400 (pages / sheets / leaves) in this textbook. Please turn to (page / sheet / leaf) 308.

⊃答案請翻 p141

The champion knocked out the challenger with (one / a single) punch.

⊃答案請翻 p139

Mom brought a big cake home last night. We cut it into six (parts / portions / pieces) and shared them with each other.

⊃答案請翻 p145

I have a new (pair / couple / duo) of ballet shoes and I think my partner and I will be a perfect (pair / couple / duo) on the stage.

⊃答案請翻 p143

The (primary / main / major) crops of the country are corn.

⊃答案請翻 p149

In 1784, Michel Paccard and Jacques Balmat reached the (peak / summit / top) of Mont Blanc.

⊃答案請翻 p147

After finishing dinner, he (put / placed / laid) the dirty dishes in the sink and washed them.

⊃答案請翻 p153

It's (prohibited / forbidden / banned) to eat or drink on the MRT.

⊃答案請翻 p151

Many luxurious diamond necklaces and bracelets are (showed / displayed / exhibited) in the store window.

⊃答案請翻 p157

Those who failed the (quiz / test / examination) have to take a makeup (quiz / test / examination) next Tuesday.

⊃答案請翻 p155

	收入	工作	
	小的	偉大的	
	地點	看見	
	許多的	或許	
	發生	經常	

The secretary is a (job / work / career) that requires many talents, such as fluency in foreign languages, computer skills or social skills. As a secretary, you have lots of (jobs / work / careers) to do.

⊃答案請翻 p121

The (earnings / revenues / incomes) are the balance of (earnings / revenue / income) after deduction of costs and expenses.

⊃答案請翻 p119

The pumpkin is much (bigger / greater / grander) than the apple.

⊃答案請翻 p125

Compared with the soccer, the dog in the cup is quite (small / little / tiny).

⊃答案請翻 p123

Rebecca (saw / watched / looked at) her boyfriend walking along hand in hand with a pretty girl.

⊃答案請翻 p129

Can you show me the (location / position / site) of the newly open restaurant?

⊃答案請翻 p127

What is that over there? A bird? (Maybe / Perhaps / Probably) it's Superman!

⊃答案請翻 p133

I don't have (many / much / a lot of) time to do the chores. That's why my room is so messy.

⊃答案請翻 p131

The little red riding hood (often / frequently / repeatedly) paid a visit to her grandmother in March.

⊃答案請翻 p137

The book fair (occurs / happens / takes place) once a year.

⊃答案請翻 p135

疾病

羞恥

沿此虛線剪下可做成隨身攜帶測驗卡

感謝

嚇到

思考

瘦的

想法

膽小的

理解

忠誠的

Judy felt a dizzy (sickness / illness / disease) this morning, so she took a (sickness / illness / disease) leave and stayed home for rest.

➲ 答案請翻 p223

I am so sorry for eating half of the fish. I feel (shamed / humiliated / embarrassed).

➲ 答案請翻 p221

Ross helped an old lady pass the road, so the lady gave him a piece of candy to express her (thanks / gratitude / appreciation).

➲ 答案請翻 p227

Never stand behind me without a sound again. That really (terrifies / frightens / scares) me.

➲ 答案請翻 p225

He stared at the verses and (thought about / reflected on / contemplated) the meaning of the poem for quite a while.

➲ 答案請翻 p231

Most girls think that being thin is beautiful, and that's why supermodels are all as (slender / slim / thin) as paper.

➲ 答案請翻 p229

As far as this issue is concerned, I have already got a brilliant (idea / thought / concept).

➲ 答案請翻 p235

He is too (timid / cowardly / shy) to ask the girl he likes to see a movie.

➲ 答案請翻 p233

Mary-Jane and I are twins, so we can (understand / comprehend / know) each other's thought without saying a word.

➲ 答案請翻 p239

The dog is (true / faithful / loyal) to its master.

➲ 答案請翻 p237

喜歡  Puppy Love	瘋狂的 
想要 	新的、近的 
老舊的  new old ancient	疼痛 
原諒 	說服 
喝采、歡呼 	遙遠的 

The man is talking to himself and biting the nails. Everyone thinks that he might go (insane / mad / crazy).

➲答案請翻 p203

I (like / love / enjoy) you very much. Would you marry me?

➲答案請翻 p201

The magazine *Weekly ONE* issued yesterday was the (new / fresh / recent) edition.

➲答案請翻 p207

There are many things I (want / need / desire) badly, such as clothes, handbags, and shoes. If I don't have them, I would go crazy.

➲答案請翻 p205

Jeffrey has a severe (pain / ache / hurt) in the stomach. He must have eaten something bad last evening.

➲答案請翻 p211

My grand grandpa is (old / aged / ancient) 97. He is quite (old / aged / ancient).

➲答案請翻 p209

Though Billy tried hard to (persuade / convince) his parents to let him keep a puppy, they were not fully (persuaded / convinced) that he would do exactly what was made on the list.

➲答案請翻 p215

Mr. Smith is angry with Dennis for what he has done to the window, so we can see Dennis is now asking for his (pardon / forgiving / excuse).

➲答案請翻 p213

My grandfather lived in a (remote / distant / far) village. It was dozens of miles (remote / distant / far) from the town.

➲答案請翻 p219

The circus performed so well that all the audience stood up and (acclaimed / applauded / cheered) to show how much they enjoyed the performance.

➲答案請翻 p217

適當的

升起

邊緣

強迫

盜賊

財富

steal sth. from sb.　rob sb. of sth.

詞語

地球

機會

建議

Travis was (rising / raising / arising) the dumbbells while the sun was (rising / raising / arising) from the east.

➲答案請翻 p305

Sitting upright when using the computer is the (right / correct / proper) sitting posture.

➲答案請翻 p303

Mom always (forces / pushes / presses) me to study English because she wants me to be a flight attendant.

➲答案請翻 p309

The (margin / border / edge) of the book was full of the writer's personal comments.

➲答案請翻 p307

He was born in a (wealthy / fortune / riches) family, so he buys things without checking the price tag.

➲答案請翻 p313

Last night two (thieves / robbers / gangsters) attacked the owner of the house and fled away with a piece of jewelry.

➲答案請翻 p311

The (Earth / globe / planet) is in the shape of globe. It's the third planet of the solar system.

➲答案請翻 p317

In this poem, the poet tends to use lots of slang (words / terms / expressions) to show his anxiety.

➲答案請翻 p315

The weather forecast says that there will be 30 percent of (chance / opportunity / occasion) to rain in mountainous areas this afternoon.

➲答案請翻 p321

I can't make my decision to pick up which dress to wear for tonight's party. I need some (advice / suggestion / proposal).

➲答案請翻 p319

相信

錯誤

垃圾

受傷

保持

公正的

建造

殺害

分數

方法

Ghosts exist as well as God. Mei has (belief / faith / trust) in that.

⊃答案請翻 p285

Dominic made several (mistakes / faults / errors) in his quiz that he shouldn't have made, so he was scolded badly by the teacher.

⊃答案請翻 p283

Would you please clean up the (junk / trash / garbage) in the storeroom? They have been there for quite a long time and stayed untouched.

⊃答案請翻 p289

Joyce (injured / hurt / wounded) her finger when using the paper cutter.

⊃答案請翻 p287

It's my hobby to (keep / retain / hold) these used movie tickets.

⊃答案請翻 p293

My big brother can have the larger piece of cake, but I can only have the smaller one. I don't think it is (just / fair / right).

⊃答案請翻 p291

(Constructing / Making / Building) a house makes a lot of noises. That quite bothers the neighborhood.

⊃答案請翻 p297

After investigating the crime scene, the police inferred that the victim had been (killed / slaughtered / murdered) by someone else.

⊃答案請翻 p295

The teacher (scored / pointed / graded / marked) our test papers, and I got 60 (scores / points / grades / marks).

⊃答案請翻 p301

There are three (ways / manners / methods) for Roger to get out of his trouble.

⊃答案請翻 p299